Franziska Gehm
Die Vampirschwestern
Ferien mit Biss

Alle Abenteuer der Vampirschwestern:

Band 1: Eine Freundin zum Anbeißen
Band 2: Ein bissfestes Abenteuer
Band 3: Ein zahnharter Auftrag
Band 4: Herzgeflatter im Duett
Band 5: Ferien mit Biss

Franziska Gehm

Die Vampirschwestern

Ferien mit Biss

Loewe

FSC
Mix
Produktgruppe aus vorbildlich
bewirtschafteten Wäldern und
anderen kontrollierten Herkünften

Zert.-Nr. SGS-COC-1940
www.fsc.org

ISBN 978-3-7855-6731-9
1. Auflage 2009

Umschlag- und Innenillustration: Dagmar Henze
Umschlaggestaltung: Christian Keller
Printed in Germany (007)

www.loewe-verlag.de

Inhalt

Zum Wohle der Passagiere

Ludovic Lobond saß auf dem Flughafen Bindburg in der Abflughalle, Terminal 2, Gate 20 bis 35. Er hatte keinen Koffer bei sich, kein Handgepäck und keine Zahnbürste. Noch nicht einmal eine Wechselunterhose. Er hatte auch kein Flugticket. Ludovic Lobond war kein Tourist. Obwohl er es manchmal gerne gewesen wäre. Vor allem im Winter. Dann sah er wehmütig zur Fluganzeigentafel, auf der Orte wie Buenos Aires, Kapstadt oder Bangkok standen.

Ludovic Lobond arbeitete am Flughafen. Auf dem kleinen Schild an seinem dunkelblauen Jackett stand: TAROM, *Romanian Air Transport*. Daneben war auf blauem Untergrund ein weißes Flugzeug in einem Kreis abgebildet. Ludovic Lobond saß am Schalter Nummer 331. Er war zusammen mit seiner reizenden Kollegin Florentina vom Schalter 332 und dem nicht ganz so reizenden Kollegen Miodrag vom Schalter 333 für den Check-in der rumänischen Fluggesellschaft zuständig. Später würden sie den Schalter schließen, mit dem Boarding der Passagiere beginnen und selbst die Boeing 737 besteigen. Um 11:35 Uhr ging der Flug nach Sibiu. Ludovic Lobond kam nicht aus Sibiu, sondern aus Bukarest, der Hauptstadt Rumäniens. Aber er fand, Sibiu war eine schöne Stadt. Sie hatte viele alte Häuser und Kirchen, ein Nationaltheater, eine Staatsphilharmonie, das älteste Museum Rumäniens und einen Bürgermeister, der nicht ganz so alt war. Sibiu lag am Fluss Zibin, in der Nähe der Südkarpaten und …

… mitten in Transsilvanien.

Ludovic Lobond beugte sich schnell unter den kleinen Schaltertisch. Dort stand seine Buttermilch. Er nahm einen kräftigen Schluck, richtete sich wieder auf und strich sich routiniert die Buttermilchreste vom dichten Schnauzbart. Dann rückte er seine dunkelblaue Krawatte zurecht und setzte ein Lächeln auf. So hatte er es bei der Schulung „Kunden glücklich machen" gelernt. Viel lieber hätte er seine Sonnenbrille mit dem goldenen Rand aufgesetzt, die obersten Knöpfe am Hemd geöffnet und statt Buttermilch einen Wodka Martini getrunken. Geschüttelt, nicht gerührt. Viel lieber hätte Ludovic Lobond einfach nur Bond geheißen. Ludov Bond. Aber das würde wohl ein Traum bleiben. Genau wie die Luxusjacht, auf die er seit zwanzig Jahren sparte.

Ludovic Lobond kniff die Augen zusammen, als er die nächsten Passagiere auf den Schalter zukommen sah. Es war kein Einzelreisender, es war kein Pärchen, es war auch keine Kleinfamilie. Auf Schalter Nummer 331 rollten zwei Erwachsene und drei Mädchen zu, die 12 oder 13 Jahre alt sein mochten. Eins der Mädchen saß im Schneidersitz auf einem Berg aus Koffern, der auf einem Gepäckwagen lag, den die anderen beiden Mädchen schoben. Das

Mädchen auf dem Kofferberg hatte schwarze Haare und eine Frisur, die Ludovic Lobond an den stacheligen Massageball seiner Schwestern erinnerte. Ihre lilafarbene Strumpfhose hatte Löcher, die schweren Schnürschuhe sahen eine Nummer zu groß aus und auf ihrem schwarzen T-Shirt prangte eine Knoblauchknolle, die mit zwei dicken rote Balken durchgekreuzt war.

Das Mädchen, das auf der linken Seite schob, hatte eine lederne Fliegerhaube auf. In der Haube steckte seitlich eine gelb-weiße Blüte. Unter der Haube quollen rotbraune Haare hervor. Das Mädchen trug ein langes Kleid, das aus dem Mittelalter hätte stammen können. Ihre Schuhe waren so spitz, dass Ludovic Lobond sich fragte, ob das Mädchen damit durch den Sicherheitscheck kam.

Das Mädchen auf der rechten Seite des Gepäckwagens hatte lange blonde Haare und stechend blaue Augen. Im Vergleich zu den anderen beiden Mädchen sah es ziemlich normal aus. Bis auf die Arme, auf denen seltsame Gestalten gemalt waren. Oder tätowiert? Ludovic Lobond war sich nicht sicher. Bei den Jugendlichen von heute wusste man nie.

„Boi motra!“, sagte der große, schlanke Mann, der den anderen Gepäckwagen geschoben hatte. Er langte mit dem Arm über den Schalter und klopfte Ludovic Lobond zweimal hintereinander auf den Kopf.

Ludovic Lobond saß stocksteif da und starrte den Mann an. Dann schielte er kurz nach links zu Florentina. Dann nach rechts zu Miodrag. Sie waren beschäftigt. Sie hatten keine Passagiere, die zur Begrüßung Kopfnüsse verteilten. Ludovic Lobond atmete tief durch. Auch das hatten sie bei der Schulung zur Kundenzufriedenheit gelernt. Vielleicht, überlegte Ludovic Lobond, waren das keine gewöhnlichen Passagiere, sondern verdeckte Ermittler, die im Auftrag von TAROM die Kundenfreundlichkeit der Mitarbeiter testeten. „Alles zum Wohle der Passagiere“, wiederholte Ludovic Lobond den Kernsatz im Kopf. Er lächelte die Passagiere so breit an, dass sie seinen goldenen Backenzahn sehen konnten.

„Guten Tag, mein Herr. Die Dame“, er nickte der zierlichen Frau mit dem rotbraunen Wuschelkopf zu, die neben dem Mann stand. „Was kann ich für Sie tun?“

Die Frau lächelte und ihre nachtblauen Augen funkelten. „Wir fliegen mit der Maschine 11:35 Uhr nach Sibiu.“ Sie schob fünf Flugtickets und fünf Reisepässe über den Schaltertresen.

Der Mann, der schwarze halblange Haare und einen riesengroßen Schnauzbart hatte, der sich wie zwei Lakritzschnecken kringelte, starrte auf die Flugtickets und schüttelte den Kopf. „Ich verstehe immer noch nicht, wozu ich ein Flugticket brauche. Ich, Mihai Tepes! Die lachen mich zu Hause alle aus“, murmelte er finster.

Die Frau stieß ihn kurz sanft in die Seite. „Mihai, sei friedlich. Du hast es versprochen. Mir zuliebe.“ Sie fügte etwas leiser hinzu: „Erinnere dich daran, wie oft ich mit dir geflogen bin. Jetzt fliegst du mal mit mir. Das wird eine ganz neue Erfahrung. Du kannst während des Fliegens schlafen, lesen oder ... sogar auf Toilette gehen."

Mihai Tepes schnaufte. Der Lakritzschnauzer wackelte.

Ludovic Lobond schielte von der Frau, die laut Reisepass Elvira Tepes hieß, zu ihrem Mann.

„Ich will am Fenster sitzen!", sagte das blonde Mädchen. Ludovic Lobond sah im Reisepass, dass sie Helene Steinbrück hieß.

„Und ich in der Nähe vom Notausstieg", sagte das Mädchen mit der Fliegerhaube. Sie hieß Silvania Tepes.

„Kann ich beim Sperrgepäck abhängen?", fragte das Mädchen mit der Massageballfrisur. Das war Dakaria Tepes, die offenbar Silvanias Zwillingsschwester war, wie Ludovic Lobond anhand der Daten in den Reisepässen feststellte. Allerdings nannte sie niemand Dakaria, sondern nur Daka. Davon wusste der TAROM-Mitarbeiter aber nichts. Es stand nicht im Reisepass.

„Ich bin nicht so anspruchsvoll", verkündete Mihai Tepes. „Für mich können Sie einfach einen Sitzplatz auf einer der Tragflächen reservieren. Und wegen des Essens machen Sie sich keine Sorgen, da fliegt schon genug vorbei."

„MIHAI!" Elvira Tepes sah ihren Mann entsetzt an.

Mihai Tepes blickte unschuldig zurück. „Soll ich lieber auf der Rumpfnase reservieren?"

Daka Tepes kicherte. Silvania Tepes verdrehte die Augen und Helene Steinbrück sah Mihai Tepes mit offenem Mund an.

Ludovic Lobonds Blick wanderte einen Moment ängstlich über die Passagiere. Erst von rechts nach links. Dann von links nach rechts. „Alles zum Wohle der Passagiere", betete er leise vor sich hin. Dann räusperte er sich und sagte laut: „Wir, das freundliche Serviceteam von TAROM, bemühen uns, jeden Wunsch unserer Passagiere zu erfüllen. Ein Platz am Fenster", sagte er an Helene gewandt, „jederzeit gerne." Er reichte Helene die Bordkarte, auf der ihr Sitzplatz stand. „Ein Platz beim Notausstieg. Kein Problem." Ludovic Lobond reichte Silvania ihre Bordkarte und wandte sich danach an Dakaria Tepes. „Ein Platz beim Sperrgepäck – ich bedaure sehr, aber das ist leider nicht möglich. Der Frachtraum ist für Passagiere nicht zugänglich. Ich habe dir einen Gangplatz gleich neben deiner Freundin gebucht. Dann kannst du ab und zu aufstehen und zumindest nach dem Handgepäck sehen."

Daka nahm die Bordkarte entgegen und studierte sie.

„Was Ihren ausgefallenen Sitzplatzwunsch betrifft, mein Herr", fuhr Ludovic Lobond an Mihai Tepes gewandt fort, „sehe ich leider keine Möglichkeit. Die Richtlinien der TAROM sehen vor, Passagiere *im* Flugzeug zu transportieren, nicht *auf* dem Flugzeug. Ich hoffe, Sie haben dafür Verständnis."

Mihai Tepes wollte etwas erwidern, doch Elvira

Tepes zwickte ihn in den Arm und schüttelte den Kopf.

„Darf ich Ihnen, Frau Tepes, denn einen besonderen Sitzplatzwunsch erfüllen?“, fragte Ludovic Lobond.

„Danke, sehr freundlich“, erwiderte Elvira Tepes. „Aber ich habe keine Vorlieben. Das heißt, doch, natürlich: Ich würde gerne neben meinem Mann sitzen.“

Ludovic Lobond zog eine Augenbraue nach oben und musterte Elvira Tepes. „Sind Sie sich sicher?“

Frau Tepes nickte.

Herr Tepes sah den TAROM-Mitarbeiter finster an.

Ludovic Lobond druckte die restlichen zwei Bordkarten aus und reichte sie Frau Tepes mit einem breiten Lächeln. Dann kümmerte er sich um die Koffer. „Der Rest ist Handgepäck?“, fragte er.

Elvira Tepes überflog die Gepäckstücke und nickte.

„Verzeihen Sie die Indiskretion, aber was ist das?“, fragte Ludovic Lobond und zeigte auf einen kleinen grauen Kasten, den Mihai Tepes wie ein Tablett auf der Handfläche hielt.

„Katzenklo“, sagte er.

„Aha.“ Der TAROM-Mitarbeiter räusperte sich. „Und wo ist die kleine Miezekatze?“

„Keine Mieze. Nur Klo.“ Herr Tepes machte ein Gesicht, das keine weiteren Fragen zuließ.

Ludovic Lobond musterte Herrn Tepes einen Moment. Er musterte das Katzenklo. Dann zuckte er kaum merklich die Schultern. Manche Leute verreisten mit ihrer heimlichen Liebe, manche mit ihrer eigenen Matratze und manche nahmen ein Katzenklo mit. So waren die Menschen: verschieden und alle verrückt.

Dieser Herr Tepes hier schien allerdings besonders verrückt zu sein. Denn selbst wenn er kein verdeckter Ermittler war – ein gewöhnlicher Passagier war er auf keinen Fall.

Ludovic Lobond riss sich aus seinen Gedanken und sagte: „Ich wünsche Ihnen einen angenehmen Flug und bedanke mich, dass sie TAROM für Ihre Reise gewählt haben."

„Also *ich* habe TAROM nicht für meine Reise ...", begann Herr Tepes, doch da schob ihn seine Frau bereits vom Schalter weg.

Elvira, Silvania und Daka lächelten dem TAROM-Mitarbeiter zu. Helene winkte ihm zum Abschied.

Ludovic Lobond sah den Passagieren nach. Am liebsten hätte er jetzt eine Pause eingelegt. Oder zumindest einen Schluck Buttermilch getrunken. Doch der nächste Passagier stand bereits vor dem Schalter. Er hielt sich eine Zeitung vors Gesicht und flüsterte: „Einmal nach Transsilvanien, bitte sehr."

Ludovic Lobond starrte auf die Zeitung. Es war die heutige Ausgabe des Bindburger Anzeigers. Durch das Titelfoto waren zwei Löcher gebohrt. Dahinter waren zwei Augen. Sie funkelten wie die einer Katze.

Was war das nur für ein Tag?, dachte Ludovic Lobond. Mit einem leichten Seufzen nahm er das Ticket und den Reisepass des Passagiers entgegen. Er schlug den Pass auf, las den Namen und sagte: „Selbstverständlich, Herr van Kombast. Haben Sie einen besonderen Sitzplatzwunsch?"

Herbstferien unter der Erde

Ludovic Lobond hatte vollkommen recht. Mihai Tepes war kein gewöhnlicher Passagier. Doch was Ludovic Lobond nicht wusste: Mihai Tepes war auch kein gewöhnlicher Mann. Mihai Tepes war gar kein Mann. Er war auch keine Frau. Mihai Sanguro Furio Tepes, geboren vor 2676 Jahren im tiefsten Transsilvanien, war ein Vampir.

Elvira Tepes war eine Frau. Sie war keine gewöhnliche Frau, sonst hätte sich Mihai Tepes nicht in sie verliebt. Ihre nachtblauen Augen, ihre rotbraunen Löckchen und ihr buttercremetortensüßes Lächeln hatten den Vampir verwirrt, bezaubert und gezähmt. Und ihre Halskrause, die sie beim ersten Zusammentreffen vor sechzehn Jahren in den Wäldern Transsilvaniens getragen hatte.

Silvania und Dakaria Tepes waren Zwillinge. Keine gewöhnlichen Zwillinge. Sie waren die Früchte der Liebe zwischen einem Vampir und einem Menschen. Und somit Halbvampire. Alles, was ein Vampir konnte, konnten sie auch. Halbwegs. Dafür waren sie nur halb so lichtempfindlich. Und halb so blutrünstig. Sie konnten auch ohne Frischblut überleben. Das war praktisch, wenn man in Deutschland unter lauter Menschen lebte. Das taten die Zwillinge seit ein paar Wochen. Nachdem Familie Tepes über zwölf Jahre in Bistrien, ihrer transsilvanischen Heimatstadt, gelebt hatte, war sie nach Bindburg gezogen. Bindburg war Elviras Geburtsstadt. Elvira Tepes hatte Sehnsucht nach ihrer deutschen Heimat. Mihai Tepes verstand das. Auch er liebte seine Heimat sehr. Aber noch mehr liebte er seine Frau. Und so kam es, dass Familie Tepes nach Bindburg zog.

Das alles wusste Ludovic Lobond nicht. Er wusste auch nicht, dass im Katzenklo Heimaterde war. Ein Vampir musste sie immer in der Nähe haben. Und er wusste nicht, dass die Kopfnüsse, mit denen ihn Herr Tepes begrüßt hatte, ein freundlicher, traditioneller Gruß aus Bistrien waren. Vermutlich hatte er noch nie von Bistrien gehört.

Bistrien war eine unterirdische Stadt. Die Bewohner der Stadt gingen dort einem ganz normalen Leben nach. Sie arbeiteten, kauften ein, stritten sich, versöhnten sich, sie machten Quatsch oder ernste Gesichter, sie aßen, sie schliefen und sie träumten. Manche bohrten heimlich in der Nase. In der Stadt gab es Lehrer, Fleischer, Musiker, S-Bahn-Fahrer, Journalisten, Verkäufer, Sportler, Heiratsschwindler und Politiker. Genau wie in vielen anderen Städten. Doch etwas war anders in Bistrien. In Bistrien lebte kein Mensch. Bistrien war voller Vampire.

In dieser unterirdischen Vampirstadt wollten die Tepes die Herbstferien verbringen. Das allein, fand Herr Tepes, wäre Grund zum Feiern genug. Endlich würde er wieder Heimatboden betreten! Endlich würde er seinen Bruder wiedersehen! Doch es gab auch ganz offiziell etwas zu feiern in Bistrien: die

Vampwanische Nationalfeiernacht! Es war das größte, abscheulichste, wildeste, blutigste, vermodertste und schönste Fest überhaupt. Fanden die Vampire. Daka und Silvania fanden, die Vampwanische Nationalfeiernacht war besser als Weihnachten, Ostern, Fasching, Halloween, Nikolaus, Tag der Blutwurst und Silvester zusammen.

Daka und Silvania erzählten Helene Steinbrück von der Vampwanischen Nationalfeiernacht. Helene war die beste Freundin der Vampirschwestern. Und sie war ihre erste richtige Menschenfreundin. Helene hörte den Zwillingen begierig zu. Sie machte „oh!" und „ah!" und flüsterte „gibt's nicht!" Was sie da über die Vampwanische Nationalfeiernacht hörte, konnte sie sich kaum vorstellen. Zwei Sachen waren ihr schnell klar: Sie wollte dieses größte, abscheulichste, wildeste, blutigste, vermodertste und schönste Vampirfest überhaupt kennenlernen. Unbedingt. Und das bedeutete zweitens: Sie musste mit nach Bistrien.

Ihrem Vater war das allerdings noch nicht klar. Er war etwas langsamer. Elvira Tepes half ihm. Sie kannte Helenes Vater. Er hatte ihr unter seiner Zahnarztpraxis einen kleinen Laden vermietet. Frau Tepes verkaufte dort künstlerisch wertvolle Klobrillen. Sie redete mit Dr. Steinbrück. Nach zwei Kräutertees fand er, dass Rumänien wirklich ein schönes Land war. Nach einem schwarzen Tee mit Schuss fand er, Transsilvanien musste man wirklich gesehen haben. Und nach zwei Gläsern Weißwein beschloss er, dass es höchste Zeit war, seiner Tochter

Vertrauen zu schenken und sie mit den Tepes nach Bistrien reisen zu lassen. Auf diese weise Entscheidung stieß er mit Frau Tepes an.

Die Vampirschwestern stießen ihre Mama vor Freude beinahe um. Sie hatte es geschafft, dass ihre beste Freundin mit nach Bistrien reisen würde! Daka flog vor Glück im Wohnzimmer drei Loopings. Silvania machte drei Saikato-Hüpfer. Die Schrankwand wackelte. Frau Tepes lächelte beklommen. So ganz wohl war ihr bei dem Gedanken ja nun nicht: Helene unter all den Vampiren! Sie war ein Menschenmädchen. Sie hatte zarte Haut. Und bestimmt an die 3,5 Liter Blut. Ein gefundenes Fressen für einen hungrigen Vampir. Doch Frau Tepes wusste, wie viel ihren Töchtern die Freundschaft mit Helene bedeutete. Sie konnte verstehen, dass sie Helene ihre Heimat zeigen wollten. Und sie konnte auch verstehen, dass Helene neugierig auf die unterirdische Vampirstadt war. Seltsam war allerdings, dass Helene überhaupt keine Angst zu haben schien. Manchmal war etwas Angst nicht verkehrt. Angst machte wachsam. Vielleicht genügte es, wenn die anderen Angst um Helene hatten. Sie durften Helene einfach niemals allein lassen in Bistrien. Dann würde schon nichts passieren.

So kam es, dass Familie Tepes samt Helene Steinbrück auf dem Flughafen Bindburg am Gate 29 auf den Abflug der Boeing 737 der TAROM wartete. Silvania Tepes hatte die Beine übereinandergeschlagen und war in ein dickes, altes Buch vertieft. Ihrem Gesicht nach zu urteilen war die Heldin gerade dabei, sich in den Falschen zu verlieben. Helene lag fast in ihrem Sitz und spielte auf dem Handy Spinnenjagd. Daka kroch auf allen vieren auf dem Fußboden. Sie hatte unter einem der Sitze einen Käfer entdeckt. Er sah nicht mehr ganz frisch aus. Aber wer weiß, was es im Flugzeug zu essen gab. Kurzentschlossen steckte Daka den Käfer in den Mund. Es knackte.

Elvira Tepes las im Bindburger Anzeiger. Ab und zu sah sie zu ihrem Mann. Er stand an der großen Glasfront und starrte auf die Flugzeuge. Seine Hosenbeine waren hochgekrempelt. Mit nackten Füßen stand er im Katzenklo. Hin und wieder wackelte er mit den Zehen. Alle paar Sekunden schlug er mit der Stirn vor die Scheibe und murmelte etwas vor sich hin.

Herr Tepes freute sich auf seine Heimat. Sehr sogar. Endlich würde er wieder mit seinem Bruder Vlad nachts durch die dichten Wälder streifen, endlich würde er wieder auf ein lauwarmes Frischblut in der Gruftstätte einkehren, endlich würde er wieder ein ordentliches Rennzeckenrennen sehen. Doch zuvor musste er sich in so eine Metallente setzen. Er musste sich auf einen engen Sitz zwängen, sich anschnallen und sich von Menschen in seine Heimat fliegen lassen. Von Menschen, die, wie jeder Vampir wusste, überhaupt nicht fliegen konnten. Mihai Tepes schlug mit dem Kopf gegen die Fensterscheibe. Er konnte es nicht fassen. Am liebsten würde er auf die Startbahn laufen, Anlauf nehmen, die Arme ausbreiten und abheben. Da würden die Fluglotsen im

Tower wenigstens einmal sehen, wie man so richtig den Abflug macht. Doch Mihai Tepes durfte nicht abheben. Er hatte Flugverbot. Nicht vom Tower, sondern von viel höherer Stelle: von seiner Frau. Sie hatte sich gewünscht, dass sie alle gemeinsam nach Transsilvanien flogen. Im Flugzeug. Wenn Elvira Tepes sich etwas wünschte und ihren Mann mit ihren nachtblauen Augen ganz lange, ganz eindringlich und ganz verliebt mit leichtem Silberblick ansah, war Mihai Tepes machtlos. Dieser Blick war nicht fair, fand Mihai. Aber wunderschön.

Ludovic Lobond stand jetzt am Eingang zur Fluggastbrücke und rief die Passagiere zum Boarding auf. Er wusste nichts vom Flugverbot, von Elviras magischem Blick und vom eigentlichen Reiseziel der Tepes. Er wusste, wie man Bordkarten abriss. Das genügte für den Moment.

Was die Tepes nicht wussten, war, dass sie nicht die einzigen Passagiere aus dem Lindenweg in Bindburg waren, die nach Bistrien reisten. Sie hatten einen Verfolger. Wie ein Schatten klebte er an ihnen, aber er blieb unerkannt. Seine Tarnung war ausgeklügelt, sein Verstand haarscharf, seine Sinne hellwach. Er würde sie erbarmungslos verfolgen, er würde sie aufstöbern und dann würde er über sie richten. Doch von all dem wussten Familie Tepes und Helene nicht die Knoblauchzehe.

Ludovic Lobond riss die Bordkarte des letzten Passagiers ab. Dann schloss er das Gate. Er zog die Ärmel seines dunkelblauen Jacketts nach unten und spielte mit dem Gedanken, den Kragen hochzustellen. Er ging gelassen die Gangway entlang und federte leicht in den Knien. Er stellte sich vor, er wäre auf Mission im Dienste Ihrer Majestät. Sobald er die Boeing 737 betreten hatte, zerplatzte der Traum. Er war im Dienste der TAROM. Seine Mission: Nüsschen verteilen und Orangensaft einschenken.

Die Brutstätte der Vampire

Dirk van Kombast trat durch die Zollschleuse in den Ankunftsbereich des Flughafens Sibiu. Er setzte die große Sonnenbrille wieder auf, die er bei der Passkontrolle abgenommen hatte. Mit zwei großen Schritten stellte er sich mit seinem goldenen Rollkoffer hinter eine weiße Säule. Vorsichtig spähte er hinter der Säule hervor. Nur seine gebräunte Nasenspitze, der Rand der Sonnenbrille und ein Teil der dicken grauen Fliegermütze waren zu sehen.

Dort, ein paar Meter von ihm entfernt in der Nähe der Ausgangstür, standen sie: Familie Tepes. Seine Nachbarn. Der Grund für so manche schlaflose Nacht, für seinen Besuch beim Vampirologenkongress und für einen einwöchigen Durchfall. Herr van Kombast dachte nur ungern daran zurück.

Die Zeit der Rache war gekommen. Dirk van Kombast spürte es. Seine wohlgeformten Ohrläppchen glühten vor Vorfreude. Hier in Transsilvanien – in der Höhle des Löwens sozusagen – würde er die Vampire entlarven. Er würde beweisen, dass es sie gab. Alle Welt sollte es erfahren. Doch der Spuk sollte nicht von Dauer sein. Keiner sollte mehr unter den blutrünstigen Wesen leiden. Niemand sollte ihnen noch zum Opfer fallen. Dirk van Kombast würde die Vampire danach sofort vernichten. Für immer und alle Ewigkeit. Sie hatten seine Mutter in den Wahnsinn getrieben. Sie hatten seine Familie zerstört. Sie sollten dafür büßen.

Bis jetzt hatte Dirk van Kombast ein unauffälliges Leben geführt. Er war Pharmavertreter. Er war ein guter Pharmavertreter. Und ein besonders gut aussehender. Krankenschwestern und Ärztinnen liebten ihn. Manche Ärzte auch. Er lebte mit seinem silbernen Sportwagen, seinem Wasserbett und seinen himmelblauen Puschelhausschuhen in einer kleinen Reihenhaussiedlung am nördlichen Rand von Bindburg. Wenn er nicht gerade mit Dr. Bohne Squash spielte, im Bio-Supermarkt einkaufte oder in seiner Gesundheitszeitschrift blätterte, ging er seinem geheimen Hobby nach: der Vampirjagd.

Seit die neuen Nachbarn aus Rumänien im Haus nebenan eingezogen waren, war für Herrn van Kombast die Jagdsaison eröffnet. Auf dem Vampirologenkongress hatte er sich ein Abhörgerät gekauft und damit seine verdächtigen Nachbarn belauscht. Danach gab es keinen Zweifel mehr: Bei Herrn Tepes hatte er es mit einem blutrünstigen Vampir der übelsten Sorte zu tun. Bei den Töchtern mit bösartigen Halbvampiren der übelsten Sorte. Und bei Frau Tepes mit einer Vampirsympathisantin der übelsten Sorte.

Mithilfe des Abhörgeräts hatte er erfahren, dass die Tepes eine Reise in die düstere Heimat planten. Nicht eine Sekunde hatte Dirk van Kombast gezögert. Er hatte sich ein Flugticket gekauft, einen Mietwagen für Rumänien vorbestellt und sich eine Armeezeltausrüstung zugelegt. Er war für alles, was ihm in den transsilvanischen Wäldern begegnen sollte, gewappnet.

Jetzt sah er, wie sich die Ausgangstür des Flughafens öffnete und ein spindeldürrer, großer Mann mit ausgebreiteten Armen auf Mihai Tepes zulief. Der Mann hatte dichte braune Locken, die sich wie ein Helm um seinen Kopf schlossen. Vor dem rechten Auge hatte er ein Monokel und er trug spitze Lackschuhe. Er umarmte Mihai Tepes und hob dabei mit ihm kurz vom Boden ab.

„Hervorragend.“ Dirk van Kombast rieb sich die solariumgebräunten Hände. „Die ganze Familie.“ Der Vampirjäger kannte diesen Mann, beziehungsweise diesen Vampir. Es war Vlad Tepes, Mihais älterer Bruder. Vlad hatte seinem Bruder in Bindburg einen Besuch abgestattet. Das war Dirk van Kombast nicht entgangen. Vermutlich der ganzen Reihenhaussiedlung nicht.

Eine Frau mit ausladend weiblichen Formen schloss im gleichen Moment Elvira, Silvania und Daka in die Arme. Dabei wackelte ihr goldblonder Haarturm. Das war Karpa Tepes, geborene Albdantura und seit 1369 Jahren glücklich mit Vlad Tepes verheiratet.

Um Helene Steinbrück schlich ein kleiner Junge. Er beschnupperte sie. Alles an ihm war rund. Seine Nase, seine Augen, sein Bauch, seine Pausbacken. Nur seine Eckzähne nicht. Die waren spitz. Und lang. Er hatte Korkenzieherlocken und gelbe Augen, wie ein Wolf. Das war Woiwo Tepes, der zehnjährige Sohn von Karpa und Vlad Tepes.

Dirk van Kombast beobachtete, wie sich alle gegenseitig auf den Kopf klopften. Dann ging alles sehr schnell. Die Großfamilie Tepes und Helene verließen das Flughafengebäude. Dirk van Kombast eilte zum Mietwagenschalter und holte den Autoschlüssel ab. Die nette rumänische Angestellte wollte ihn in ein Gespräch über den TAROM-Flug (sicherlich ausgezeichnet), das rumänische Wetter (immer schön) und rumänische Sehenswürdigkeiten (lassen einen nach Luft schnappen) verwickeln, doch Dirk van Kombast hatte keine Zeit. Leider. Er schenkte der Angestellten sein Nussknackerlächeln und hastete zum Flughafenausgang. Als er mit seinem goldenen Rollkoffer vor die Ankunftshalle trat, sah er gerade noch, wie die Tepes in einen alten dunkelroten Kleinbus stiegen. Das Gepäck hatten sie auf dem Dach festgebunden. Und auf dem Gepäck Woiwo.

So schnell es seine neuen Outdoorschuhe zuließen, rannte Dirk van Kombast zum Mietwagen. Er warf den goldenen Rollkoffer in den Kofferraum, setzte sich hinter das Steuer und nahm die Verfolgung auf. Der dunkelrote Bus fädelte sich gerade in den Verkehr auf der Hauptstraße ein. Das heißt ... er fuhr mit vollem Tempo auf die Straße zu und hupte ununterbrochen. Aus seinem Auspuff kamen drei dunkelgraue Rauchwolken.

Dirk van Kombast fädelte sich vier Autos hinter dem Bus ein. Es war nahezu unmöglich, den Bus aus den Augen zu verlieren. Der Gepäckberg auf dem Dach und Woiwo waren weithin sichtbar. Alle paar Sekunden stieß der Bus eine Rauchwolke aus und

Vlad Tepes, der Fahrer des Busses, drückte beim kleinsten Anlass auf die Hupe. Manchmal auch ohne Anlass.

Der Bus folgte für ein paar Kilometer der Hauptstraße, schlängelte sich durch die Straßen von Sibiu, stand ein paar Minuten im Stau, passierte auf der anderen Stadtseite das Ortsausgangsschild, überquerte eine Brücke über einen Fluss, fuhr auf einer von hohen Bäumen umsäumten Landstraße, bog in eine kleine, holperige Nebenstraße und verließ diese plötzlich an einem kaum sichtbaren, von Büschen verdeckten Abzweig, der auf einen unbetonierten Waldweg führte. Links und rechts des Weges stand der Wald so dicht wie Bartstoppeln. Die Bäume wölbten sich über den Weg und die schweren Zweige bildeten eine Art Tunnel. Obwohl es früher Nachmittag war, war es fast dunkel.

Dirk van Kombast hatte die Sonnenbrille abgesetzt. Er sah angestrengt auf den Waldweg, der von Ästen, Steinen und Erdhügeln übersät war. Der kleine Mietwagen ächzte. Nervös hob Dirk van Kombast den Blick. Auf dem einsamen Waldweg durfte er dem Bus nicht zu dicht folgen. Aber er dufte ihn auch nicht verlieren.

Der Bus fuhr immer tiefer in den Wald hinein. Es wurde immer dunkler. Dirk van Kombast wurde immer nervöser. Was, wenn ihn die Vampire bemerkt hatten und in eine Falle lockten? Was, wenn er nie mehr aus diesem Wald hinausfinden würde? Was, wenn dieser Wald sein Grab würde? Er stellte sich vor, wie ein Polizeibeamter seiner Mutter den goldenen Rollkoffer als letztes Überbleibsel ihres Sohnes überreichte. Dirk van Kombast wischte sich eine Träne aus dem Augenwinkel. Nein, so würde er nicht enden. Selbstverständlich nicht. Er hatte ein Ziel und das hatte er fest vor Augen und jetzt …

Jetzt …

… war es weg.

Der Bus! Er war weg! Wie vom Erdboden verschluckt. Dirk van Kombast riss die Augen weit auf und trat aufs Gaspedal. „So leicht entkommt ihr mir nicht, Freunde!“, zischte er durch seine strahlend weißen Zähne. Dirk van Kombast bog um eine Linkskurve. Die Reifen schlingerten. Er bog um eine Rechtskurve. Die Hinterräder rutschten weg. Und da sah er es: Kaum erkennbar ging eine kleine Spur rechts vom Waldweg ab. Sie war von Laubbäumen gesäumt. Die Spur endete ein paar Meter weiter vor einem riesengroßen Felsbrocken. Der Felsbrocken hatte ein gigantisches schwarzes Loch. Es sah aus wie das weit aufgerissene, zahnlose Maul eines Ungeheuers.

Dirk van Kombast schaltete den Motor aus. Er wartete fünf Sekunden. Alles blieb ruhig. Er stieg aus und schlich zum Felsbrocken. Das schwarze Loch war ein Höhleneingang. Der Vampirjäger rümpfte die Nase. In der Luft lag noch eine der dunkelgrauen Rauchwolken. Aus der Tiefe der Höhle kam ein Motorengeräusch. Es klang, als würde ein Höhlendrache gurgeln. Dirk van Kombast stützte sich mit einer Hand seitlich am Höhleneingang ab und steckte den Kopf in die Höhle. Nichts. Nur

Dunkelheit. Erst als er sich wieder aufrichtete, bemerkte er, woran er sich mit der Hand abgestützt hatte: Es war nicht der Fels, sondern ein hölzernes Schild. Die Buchstaben darauf waren schwarz, zackig und fast vergilbt. Aber sie waren noch lesbar. Auf dem Schild stand: Bistrien.

Dirk van Kombast spürte, wie sich unter seinem altrosafarbenen Seidenhemd Gänsehaut ausbreitete. Bistrien. Die unterirdische Stadt, von der seine Nachbarn gesprochen hatten. Bistrien. Die Brutstätte zahlreicher Vampire. Bistrien. Das Ziel seiner langen Reise.

Dirk van Kombast machte einen Schritt auf den Mietwagen zu. Er wollte dem dunkelroten Kleinbus in die Vampirhöhle folgen, bevor ihn der Mut verließ. Doch auf einmal hielt er inne. Jetzt galt es, Ruhe zu bewahren. Er holte tief Luft. Bauchatmung war in so einer Situation ganz wichtig. Dann versuchte er, seine Gedanken zu ordnen. Begab er sich allein in diese Höhle, in der es garantiert nur so von Vampiren wimmelte, würden ihn die blutrünstigen Monster wahrscheinlich auf der Stelle aussaugen, seine sterblichen Überreste in Häppchen schneiden, auf den Grill legen, mit etwas Kräuterbutter und Petersilie dekorieren und verspeisen. Wahrscheinlich? Ganz gewiss!

Nein, es wäre leichtsinnig, sich einfach in die unterirdische Stadt zu begeben und den Vampiren womöglich zum Opfer zu fallen. Damit erwies er sich, seiner Mutter und der ganzen Menschheit keinen Dienst. All seine bisherigen Bemühungen und Entbehrungen wären umsonst gewesen. Dirk van Kombast kam zu dem Schluss, dass es besser war, den Mietwagen an einer entlegenen Stelle zu parken und sich in der Nähe des Höhleneingangs gut getarnt auf die Lauer zu legen. Irgendwann, vermutlich nachts, würden die Vampire aus der Tiefe emporsteigen. Auf diese Weise konnte er sie beobachten, ihre Verhaltensweisen studieren und ihre Schwächen ausloten. Erst dann würde er zuschlagen. Er wusste auch schon, wie.

Boi-venti do Bistrien!

Vlad Tepes parkte den dunkelroten Kleinbus auf einem Plateau. Es befand sich zwanzig Meter unter der Erdoberfläche. Am Fuße des Plateaus breitete sich die altehrwürdige Stadt Bistrien aus.

Kaum war der Kleinbus zum Stehen gekommen, riss Mihai Tepes die Bustür auf. Er stieg aus, trat an den Rand des Plateaus, schloss die Augen und zog die Luft tief in die Nase. Die Nasenflügel bebten. Der Lakritzschnauzer zitterte. Dann breitete Mihai Tepes die Arme aus, die in einem schwarzen Umhang steckten. „Rodna moi!“, rief Herr Tepes laut aus. Das war Vampwanisch und hieß „meine Heimat“. Als Herr Tepes die Augen wieder öffnete, waren sie ganz glasig.

Mittlerweile waren auch die restlichen Insassen aus dem Kleinbus ausgestiegen. Sie streckten und räkelten sich nach der langen Fahrt. Vlad Tepes schloss links Helene und Daka und rechts Elvira und Silvania in seine langen Arme, schob sie zum Plateaurand und sagte: „Boi-venti do Bistrien!“ Er deutete mit dem spitzen Kinn auf die Stadt, die ein paar Meter unter ihnen in der Tiefe lag.

„Herzlich willkommen in Bistrien“, übersetzte Elvira Tepes schnell im Flüsterton.

„Das ist Bistrien?“, fragte Helene. Sie riss die Augen auf.

Daka nickte und sagte leise: „Wunderschön, oder?“

Helene sagte: „Äh.“

„Warte, bis du die Stadt erst bei Nacht siehst, wenn alle wach sind!“ Silvania wippte auf den Zehenspitzen. Mit ihren spitzen Schuhen war das gar nicht so einfach.

„Hmhm“, machte Helene. Sie runzelte die Stirn.

„Es ist einfach immer wieder ein überwältigender Anblick“, sagte Vlad Tepes. „Selbst, wenn man nur ein paar Stunden weg war.“

Helene rollte die Lippen nach innen und presste sie aufeinander. Sie starrte angestrengt in die Tiefe.

Herr Tepes hob die Hand. „Du musst nichts sagen. Die meisten Besucher sind genauso sprachlos wie du, wenn sie die Stadt zum ersten Mal sehen.“

Helene beugte sich etwas weiter vor. „Aber ... aber ich sehe sie gar nicht. Wo sind denn die Häuser? Da unten sind nur lauter Stalagmiten und Stalaktiten.“ Helene kannte solche Tropfsteine. Stalagmiten wuchsen aus dem Boden und Stalaktiten hingen von der Decke. Das hatte sie schon einmal in einer Höhle in der Nähe von Bindburg gesehen. Allerdings schimmerten die Tropfsteine hier wie Gold, hatten ulkige Formen und waren riesengroß.

„Stala- was?“ Daka sah Helene verständnislos an.

„Gumox! Das sind doch keine Stalagmiten und Stalaktiten!“ Mihai Tepes warf seine halblangen Haare mit einem Ruck nach hinten.

Vlad Tepes machte: „Tze!"

Tante Karpa stieß einen kleinen Rülpser aus.

„Mach dir nichts draus", sagte Elvira Tepes zu Helene. „Das habe ich auch das erste Mal gedacht, als ich nach Bistrien kam."

„Das", begann Vlad Tepes und zeigte mit seinem langen, knöchrigen Finger auf die riesigen Gesteinsgebilde, die aus dem Boden und von der Decke wuchsen, „sind Budnyks. Die an die Decke anschließen, nennt man Budnyks kapoi. Und die mit dem Boden verankert sind, Budnyks gurond."

Helene kniff die Augen zusammen und nickte langsam. „Verstehe. Das sind eure Naturdenkmäler. So was wie der Uluru, dieser riesige Sandsteinberg in Australien. Na, da habt ihr echt eine erstklassige Touristenattraktion."

„Touristenattraktion?" Tante Karpa sah Helene mit großen violetten Augen an.

„Naturdenkmäler?" Vlad Tepes fiel beinahe das Monokel vom rechten Auge.

Elvira Tepes lächelte.

Daka räusperte sich.

Silvania sagte: „Die Budnyks sind keine Naturdenkmäler, sondern unsere Behausungen. Hier wohnen die Vampire."

„Und die Halbvampire", fügte Daka hinzu.

„Und manchmal auch Menschen", sagte Elvira Tepes.

„Wir haben in einem Budnyk kapoi gewohnt, bevor wir nach Deutschland umgezogen sind", erklärte Silvania.

„Also in denen an der Decke“, sagte Daka.

„Siehst du die Löcher in den Budnyks?“ Elvira Tepes zeigte auf die dunklen Punkte, die auf den tropfsteinförmigen Gebilden zu erkennen waren. „Das sind die Eingänge.“

Helene starrte erst auf die Budnyks, dann auf die Tepes. „Ihr wohnt in Stala... Budnyks?“

„Wir wohnen dort nicht nur, wie leben dort! Und zwar wie die Fledermaus im Insektenauflauf.“ Vlad Tepes nickte energisch.

Helene zog die Augenbrauen zusammen. Wie lebte eine Fledermaus im Insektenauflauf? Sie wusste es nicht. Wie ein Vampir im Budnyk lebte, würde sie bald herausfinden.

„Siehst du das große, spitze Budnyk gurond direkt in der Mitte?“, fragte Daka und zeigte auf die Stadt. „Das ist das Rodnyk. So etwas wie das Rathaus von Bistrien.“

Vlad Tepes streckte die Brust heraus. „Dort tagt der Stadtrat, in den ich als Kandidat des *Blutigen Einheitsflügels* zum fünften Mal gewählt wurde.“

„Und siehst du das Budnyk kapoi rechts vom Rodnyk mit den vielen Löchern? Das ist die Schule“, sagte Silvania.

Daka starrte auf die Schule. „Schlotz zoppo! Ich glaube, ich habe sogar Sehnsucht nach ihr.“ Fassungslos schüttelte sie den Kopf.

Helene streckte den Kopf nach vorne und beäugte die geheimnisvolle unterirdische Stadt genauer. Erst jetzt erkannte sie, dass die Tropfsteine beziehungsweise die Budnyks alle verschieden aussahen. Manche hatten ein riesengroßes Loch, andere viele kleine Löcher. Es gab krumme Budnyks, die wie Zähne eines Säbelzahntigers aussahen, kerzengerade, kleine und große, dicke und dünne, spitz zulaufende und runde. Um ein Budnyk schlängelte sich ein dickes Metallband; auf der Spitze eines anderen saß eine Art Riesenhut. Ein Budnyk hatte lauter kleine Beulen und sah aus wie eine Salzstange. Ungefähr zwölf Budnyks hingen dicht nebeneinander von der Decke und wurden der Reihe nach immer kleiner. Sie sahen aus wie eine überdimensionale Panflöte.

Zwischen den Budnyks kapoi hingen starke Metallseile. Zwischen den Budnyks gurond schlängelten sich Wege, Gassen und Straßen.

„Und was sind das für schwarze Kisten, die überall auf den Straßen liegen?", fragte Helene.

„Das ist die S-Bahn", antwortete Tante Karpa.

„Die S-Bahn?" Helene versuchte die schwarzen Kisten genauer zu mustern. „Seltsam, sieht gar nicht aus wie ein Zug."

„Ist ja auch keiner", sagte Daka. „Ist die Sarg-Bahn."

„Kurz S-Bahn", fügte Silvania hinzu.

Vlad Tepes klatschte in die Hände. „Dann wollen wir mal."

Elvira Tepes nickte. „Den Rest sieht sich Helene besser aus der Nähe an."

Das fand Mihai Tepes auch. Er konnte es kaum erwarten, seine geliebte Heimatstadt wieder zu betreten. Oder zu befliegen.

„Fahren wir nicht mit dem Bus weiter?“, fragte Helene.

Mihai Tepes schüttelte den Kopf. „Bistrien ist eine autofreie Stadt.“

„Zu viel schlechte Luft“, fügte Tante Karpa hinzu.

Helene schielte vorsichtig über den Plateaurand. „Und wie kommen wir nach unten?“

„Für Nichtflieger und Flugunfähige gibt es entweder die Rutsche dort hinten“, Tante Karpa zeigte auf ein gewaltiges Holzgebilde, das sehr wackelig und altertümlich aussah. „Oder die Strickleiter dort drüben.“

„Die Rutsche benutzen wir meistens nur für Warenlieferungen“, fügte Vlad Tepes hinzu.

„Letzte Woche ist ein ganzes Wildschwein durch ein Loch gefallen und abgestürzt“, sagte Woiwo, wobei er in der Nase bohrte.

Tante Karpa stieß ihren Sohn in die Seite.

Woiwos Popel fiel zu Boden.

„Okay. Die Strickleiter“, sagte Helene.

„Du kannst auch auf meinem Rücken mitfliegen.“ Woiwo breitete die Arme aus und lächelte Helene einladend zu.

„Vielleicht lieber auf meinem“, bot Vlad Tepes an.

Und so geschah es. Helene flog auf dem Rücken von Vlad Tepes in die Tiefe. Neben ihr flog Elvira Tepes. Sie flog nicht selbst. Sie klammerte sich an den starken Nacken ihres Mannes und lächelte Helene aufmunternd zu. Dabei brauchte Helene gar keine Aufmunterung. Sie flog für ihr Leben gerne. Am liebsten wäre sie selbst geflogen.

Ein paar Minuten später umkreisten sie einen großen Budnyk gurond, dessen Spitze sich leicht nach rechts krümmte.

„Boi-venti in unserem Budnyk!", rief Tante Karpa, die mit Woiwo direkt hinter Vlad und Helene flog.

Helene musterte den Budnyk. Sie fand, er ähnelte einer Schlumpfmütze. Dann sah sie in die Tiefe. „Wo ist denn der Eingang?"

„Hier." Vlad Tepes flog auf ein Loch ungefähr auf mittlerer Höhe des Budnyks zu.

Helene runzelte die Stirn. Allein ein- und ausgehen würde schwierig werden. Aber das sollte sie laut Frau Tepes sowieso auf keinen Fall machen. Frau Tepes machte sich nämlich große Sorgen. Wie alle Mütter.

Im Budnyk war es stockdunkel. Erst, als Tante Karpa ein paar Kerzen anzündete, konnte Helene sich umsehen. „Cool!", rief sie. Die Wände waren hoch, glatt und glänzten schwarz. An einer Wand stand eine Couch, die mit grünem Samt bezogen war. Sie war bestimmt doppelt so alt wie Helenes Opa. An der Wand über der Couch hing ein ausgestopfter Bärenkopf. Der Bär schielte.

Neben dem Bären hing eine Klobrille. Elvira Tepes hatte sie ihrem Schwager beim letzten Besuch in Bindburg geschenkt. Es war keine schnöde weiße Klobrille. Elvira Tepes hatte die Klobrille liebevoll gestaltet. Vlad Tepes hatte den wahren Wert der

Klobrille erkannt und sie als Kunstwerk an die Wand gehängt.

Helenes Blick glitt von der Klobrille zu den Stühlen. Sie waren aus massivem Holz. Ihre Beine hatten die Form von Tierkrallen. Der Sitz und die Lehne sahen aus wie ein riesengroßes, weit aufgerissenes Maul. Der Tisch bestand aus zwei dicken, gewaltigen, ungeformten Glasplatten, die auf drei Baumstümpfen lagen. Zwischen den dicken Glasplatten lagen Käfer, Spinnen und Würmer. Sie waren etwas platt. Und sehr tot.

„Das wäre also die gute Wohnstube“, sagte Tante Karpa. Sie hatte die Arme ausgebreitet, ungefähr zehn Zentimeter vom Fußboden abgehoben und drehte sich einmal um sich selbst. Trotz ihrer Körperfülle sah es sehr anmutig aus. Tante Karpa machte dreimal die Woche Flugpilates. Das zahlte sich aus.

Helene sah nach oben. „Wieso habt ihr eine Wäscheleine durchs Wohnzimmer gespannt?“

Woiwo lachte. „Wäscheleine! Du bist vielleicht ultimo ulkig!“

„Das ist keine Wäscheleine, sondern unsere Abhängleine. Zum Arme, Haare und Seele baumeln lassen“, erklärte Tante Karpa.

Helene erinnerte sich, dass Daka und Silvania in ihrem Zimmer in Bindburg auch so eine Leine gespannt hatten. Daran hingen sie manchmal kopfüber. Helene hing lieber auf dem Bett ab. Das ging auch. „Und was sind das für Tüten an der Abhängleine?“, fragte Helene.

„Das sind Halterungen für Getränke und Knabbereien“, erklärte Vlad Tepes.

„Warte, ich zeig’s dir.“ Woiwo war mit zwei Armschlägen bei der Abhängleine. Sie war an mehreren Stellen mit Schaumstoff gepolstert und sah sehr gemütlich aus. Woiwo hängte sich mit den Beinen kopfüber an die Leine. Dann griff er in eine der Stofftüten und holte eine Fernbedienung hervor. Er drückte auf einen Knopf. An der Wand ging ein Fernseher an. Das Bild war gestochen scharf, bunt und ... verkehrt herum.

Helene drehte den Kopf. Sie versuchte etwas auf dem Bildschirm zu erkennen. Zwei Vampirdamen schwebten durch das Bild. Dabei kreisten sie mit dem Köpfen. Sie hoben die Arme im Takt. Dann wackelten sie mit den Popos.

„Zensatoi futzi!“, rief Tante Karpa. „Fluggymnastik mit Huca und Staica!“ Sie wackelte ebenfalls mit dem Popo.

Woiwo griff in einen anderen Stoffbeutel und steckte sich etwas in den Mund. „Schmeißfliege, geröstet und gesalzen. Ultimo lecker!“

Helene schüttelte sich.

Silvania legte mitfühlend den Arm um ihre beste Freundin.

Daka lief das Wasser im Mund zusammen.

Elvira Tepes räusperte sich. „Wo schlafen wir denn?“

„Für euch“, sagte Vlad Tepes an seinen Bruder und seine Frau gewandt, „haben wir den Ehesarg eine Etage weiter unten aufgestellt.“

„Ich habe ihn mit etwas Grottenschimmel besprüht, damit ihr gut schlaft." Tante Karpa lächelte Elvira und Mihai zu.

Mihai lächelte zurück.

Elvira nicht.

„Für Daka, Silvania und Helene haben wir Luftsärge aufgeblasen. Sie stehen oben in der nächsten Etage", sagte Vlad Tepes.

Daka hob sofort ab und flog eine Etage höher. „Boibine!", rief sie. Drei Luftsärge standen in einer Reihe. Auf den dunkelblauen Kopfkissen lagen jeweils ein Waschlappen, ein Zahnstocher und ein Wurm. Das war ein Service! Besser war es im „Vier Fleischmahlzeiten", dem Luxushotel von Bistrien, sicher auch nicht.

„Was ist boibine?", fragte Silvania. Sie war ebenfalls nach oben geflogen.

Daka deutete auf die Kopfkissen. Sie schnalzte mit der Zunge. Dabei sabberte sie etwas auf ihr T-Shirt.

„He!", rief Helene von unten. „Und wie soll ich zu meinem Luftsarg kommen?"

Die Zwillinge steckten die Köpfe über den Rand. Sie sahen nach unten ins Wohnzimmer. Helene hatte recht. Sie hatten ein Problem. Natürlich gab es in einem Budnyk, der Wohnung einer Vampirfamilie, keine Treppen oder Fahrstühle. Wozu? Vampire konnten fliegen. Helene allerdings nicht. Und Elvira Tepes auch nicht.

„Schlotz zoppo!" Tante Karpa schlug die Hände über dem goldblonden Haarturm zusammen. „Das habe ich vergessen. Natürlich bringen wir für unsere flugunfähigen Gäste noch Strickleitern an."

„So." Mihai Tepes rieb sich die Hände. „Jetzt ist es aber wirklich höchste Zeit für ein kleines Begrüßungsgläschen."

Sein Bruder Vlad nickte, holte eine Flasche Karpovka und ein paar Gläser aus einer Nische, die ins Gestein gehauen war.

Tante Karpa goss Woiwo, Helene, Daka und Silvania dunkelroten Waldbeerensaft ein.

Nachdem sich alle im Wohnzimmer um den Insektentisch versammelt hatten, räusperte sich Vlad Tepes. Er hob sein Glas und sagte: „Mein geliebter Bruder, meine hochgeschätzte Schwägerin, meine kostbaren Nichten und meine sehr geehrte Helene, du Menschlein." Vlad Tepes sah jeden der Reihe nach an. Das Auge hinter dem Monokel funkelte grün, das andere orange. „Wir freuen uns außerordentlich, euch zu Gast zu haben und die Gastfreundschaft, die ihr uns in Bindburg erwiesen habt, zu erwidern. Vergesst nie: Unser Budnyk ist euer Budnyk. Erheben wir also die Gläser! Möge diese Woche voller Wiedersehensfreude, harmonischen Beisammenseins und beeindruckender Erlebnisse sein!"

Alle taten, was Vlad Tepes gesagt hatte. Sie erhoben die Gläser. Mihai Tepes hätte am liebsten sein Lieblingslied angestimmt. Es hieß „Transsilvania, rodna inima moi". Es hatte vierzehn Strophen. Mihai Tepes liebte jede einzelne davon. Aber er liebte auch seine Familie. Nach der langen Reise wäre das

Lied vermutlich zu viel für sie. Mihai Tepes nickte seinem Bruder zu, stieß mit dem Glas an und sagte: „Schnappobyx!“

„Schnappobyx!“, riefen die anderen und stießen ebenfalls an.

Auf der Lauer

Dirk van Kombast war bereit. Ein paar Meter entfernt vom Höhleneingang hatte er sein Armeezelt inmitten einer Baumgruppe aufgestellt. Er hatte es sorgfältig mit Blättern, Ästen, Moos und Erde getarnt.

Dann hatte er sich selbst getarnt. Zunächst hatte er sich von der obersten blonden Haarspitze bis zum kleinen, pedikürten Zeh mit einem Spezialduft eingesprüht. Der Duft war genau genommen ein Gestank. Er roch nach Stachelschwein, Kloake und verschimmelten Putzlappen. Es stank widerlich. Dirk van Kombast war überzeugt, dass ihn die Vampire damit nicht wittern konnten.

Er hatte einen dicken, alten, hellbraunen Wollpullover über sein altrosafarbenes Hemd gezogen. Den Pullover hatte ihm seine Mama gestrickt. Der Pullover musste jetzt leiden. Doch wer das Böse besiegen wollte, musste Opfer bringen. Dirk van Kombast hatte Blätter und kleine Zweige in die groben Maschen des Pullovers gesteckt.

Er hatte sich eine alte, cremefarbene Sommerhose angezogen und sie mit Schlamm beschmiert. Zum Schluss hatte er sich eine OP-Haube aufgesetzt. Es war eine Kopfbedeckung, die Ärzte im Operationssaal aufsetzen. Dirk van Kombast hatte sich die Haube zuvor in Deutschland von Dr. Bohne ausgeliehen. In der OP-Haube steckten jetzt Blätter und Äste und sie war voller Schlamm. Auf Dirk van Kombasts solariumgebräuntem Gesicht klebten Erdkrümel. Sie kitzelten. Doch Dirk van Kombast ließ den Höhleneingang keine Sekunde aus den Augen.

Er saß im Lotossitz im Zelteingang. Ähnlich wie beim Meditieren, was er sonst in dieser Stellung tat, konzentrierte er sich. Jedoch nicht auf sein Inneres, sondern auf die Außenwelt. Auf die Umgebung, auf jedes Geräusch, jede Bewegung, jeden Geruch und auf die Waffe in seiner Hand. Es war keine gewöhnliche Waffe. Vampire waren schließlich auch keine gewöhnlichen Feinde. Dirk van Kombast hatte keinen Revolver, keinen Säbel, keinen Flitzebogen, keinen Speer und auch keine Zwille. Er hatte auch keine Atomrakete. Dirk van Kombast hatte eine Wasserpistole. Zumindest sah es auf den ersten Blick so aus. Doch der erste Blick trog.

Dirk van Kombast hatte die riesengroße Wasserpistole für seine Zwecke umgebaut. Er hatte mehrere Stunden damit verbracht, hier gefeilt, dort gesägt, hier geklebt, dort verbogen, bis er mit seinem Werk zufrieden war. Das Entscheidende war die Munition. Statt Wasser hatte Dirk van Kombast Knoblauchzehen geladen. In einer Ladung waren zwanzig Knollen mit ungefähr 300 Zehen. Genug, um einen ausgewachsenen Vampir ins Koma zu schießen. Das hoffte Dirk van Kombast zumindest. Es gab noch keine Erfahrungswerte.

Liebevoll strich Dirk van Kombast über seine Garlic Gun, wie er die Knoblauchpistole im Stillen nannte. Sie war seine Erfindung, sein Baby. Wenn die Menschheit erst einmal erkannte, in welcher Gefahr sie schwebte, welche Bestien mitten unter ihr lebten – wenn sie endlich einsah, dass es Vampire wirklich gab, dann würde Dirk van Kombasts große Stunde schlagen. Seine Mutter würde für ihre Leiden entschädigt werden, Dirk van Kombast würde als mutiger Pionier der Vampirbekämpfung in die Geschichte eingehen. Doch nicht nur das. Er würde ein erfolgreicher Geschäftsmann werden. Der Bedarf an Garlic Guns würde sprunghaft steigen. Bald würde in jedem Haushalt mindestens eine Garlic Gun stehen. Vielleicht ginge der Trend sogar bald zur Zweit-Garlic-Gun. Wie Feuerlöscher würden Garlic Guns an den Wänden von Schulen, Kaufhäusern und anderen öffentlichen Gebäuden hängen. Die Regierung würde ein Gesetz erlassen, das das Mitführen von Garlic Guns im Auto zur Pflicht erklärte. Die Garlic Gun würde eine Erfolgsgeschichte werden. Dirk van Kombast war sich sicher.

Doch Dirk van Kombast war kein Träumer. Er wusste, dass sich seine neue Präzisionswaffe erst in der Praxis bewähren musste. Bald würde er dazu Gelegenheit erhalten. Sehr bald.

Giuseppe vom Klo

„Boi motra!", rief Woiwo. Er flog gerade von seiner Etage auf dem Weg zur Küche durch die Mädchenetage. „Oder besser: Boi searo!"

„Boi motra" hieß „Guten Morgen". Und „boi searo" hieß „guten Abend".

„Schon Morgen?" Helene schreckte auf. Ihre blonden langen Haare waren zersaust. Sie griff als Erstes nach dem kleinen Hörgerät, das neben ihrem Luftsarg lag. Das Hörgerät war Helenes Geheimnis. Bis auf die Vampirschwestern wusste niemand davon. Und bis auf Helenes Papa. Und den Ohrenarzt.

Daka streckte sich. Sie hatte herrlich geschlafen. Endlich mal wieder mitten am Tag und nicht in der Nacht. Eben so, wie es sich gehörte. Zumindest in Bistrien. Außerdem hatte sie vor dem Schlafengehen die Würmer von allen drei Kopfkissen gegessen. Silvania hatte es ihr bereitwillig erlaubt. Helene noch bereitwilliger.

„Es ist nicht Morgen, sondern Abend", klärte Silvania ihre beste Freundin auf.

„Aber hier ist jeder Abend wie ein neuer Morgen", fügte Daka hinzu. Sie war bereits aufgestanden, hatte sich aus dem Bad ihre Zahnbürste geholt und sich kopfüber an eins der Metallseile gehängt, die durch das gesamte Budnyk gespannt waren.

Daka putzte sich geräuschvoll die Zähne. Dabei schielte sie nach unten auf Helene und Silvania.

„Stimmt ja. Ihr steht abends auf, dann gibt es Abendbrot, dann fliegt ihr zur Schule, danach gibt es Mitternachtsessen, dann den Vier-Uhr-Bluttrunk, dann gibt es Frühstück und danach geht ihr ins Bett“, erinnerte sich Helene.

„Na ja, dazwischen machen wir natürlich auch noch etwas“, warf Silvania ein. „Zum Beispiel Höhlenhockey spielen.“

„Oder Schrumpfkopfkegeln“, verkündete Daka von oben.

„Oder ‚Vampir, beiß mich nicht‘“, sagte Silvania.

„Oder in Oktavians Gruft abhängen und unterirdisch gute Musik hören. Wie die von *Krypton Krax*.“ *Krypton Krax* war Dakas Lieblingsband. Sie kannte jede Textzeile und konnte jedes Lied auf ihrem Schlagzeug nachspielen. Es war ihr Traum, einmal mit dem Sänger gemeinsam auf der Bühne zu stehen. Beziehungsweise über die Bühne zu fliegen. Natürlich nur, weil die Musik so unterirdisch gut war.

„Fumpfs!“, rief Silvania auf einmal. „Daka, pass doch auf!“

Daka war so in Gedanken an *Krypton Krax* versunken, dass ihr ein Klecks Zahnpastaspeichel aus dem Mund gelaufen und auf ihre Schwester getropft war. „Skyzati!“, sagte Daka. Das hieß Entschuldigung. Zur Sicherheit schluckte sie den Rest Zahnpastaschaum schnell hinunter.

Helene war mittlerweile aufgestanden und in der

Toilette verschwunden. Genau von dort erklang kurz darauf ein markerschütternder Schrei.

Daka fiel beinahe vom Abhängseil. Sie ruderte mit den Armen, ließ in letzter Sekunde die Zahnbürste fallen und hielt sich mit den Händen am Seil fest.

Die Zahnbürste sauste direkt auf Silvanias Kopf zu. Zack!, blieb sie mitten in ihrer rotbraunen Mähne stecken. Wie ein Schirmchen im Eisbecher. Silvania schielte nach oben.

Helene riss die Toilettentür auf. Sie sah die Zwillinge mit weit aufgerissenen Augen an. Sie war fast so blass wie die Halbvampire. Es sah nicht gesund aus. „Was – ist – das?" Ihre Stimme zitterte.

Silvania schielte noch immer nach oben auf ihren Kopf. „Eine Zahnbürste?"

„Nein. DAS!" Helene zeigte auf die Toilette.

Daka flog von der Abhängleine zur Toilette. Silvania folgte ihr zu Fuß. Sie beugten sich gleichzeitig über die Toilettenschüssel. Dann richteten sie sich gleichzeitig auf.

„Ein Grottenolm", sagten sie wie aus einem Mund.

„Ein Grottenolm?" Helene sah die Zwillinge mit gerunzelter Stirn an.

Daka und Silvania nickten. Dakas Blick verklärte sich leicht. Beim Anblick des Grottenolms musste sie sofort an Karlheinz denken. Karlheinz war kein Grottenolm. Er war ein Blutegel. Und er war Dakas Lieblingshaustier. Am liebsten hätte sie ihn mit nach Bistrien genommen. Aber Karlheinz hatte Flugangst. Genau wie Silvania. Das war allerdings die einzige

Ähnlichkeit. Oma Rose hatte versprochen, Karlheinz zu füttern und mindestens einmal am Tag zu streicheln.

Helene beugte sich vorsichtig über die Kloschüssel. Der Grottenolm war ungefähr 25 Zentimeter lang, fleischfarben und hatte winzige Vorderbeine und Hinterbeine. Er sah aus wie ein glatter, nackter Wurm. Eigentlich, fand Helene, war er richtig schön glitschig, eklig und aufregend.

„Aber wie kommt der Grottenolm in unsere Kloschüssel?", wunderte sich Daka laut.

„Das kann ich euch erklären", meldete sich auf einmal Tante Karpa zu Wort. Sie hatte eine Etage tiefer Helenes Schrei gehört, sofort ihre Flugpilates unterbrochen und war nach oben geflogen. Jetzt kniete sie sich vor die Kloschüssel, fasste hinein und strich dem Grottenolm behutsam über den Rücken.

Daka riss die Augen auf.

Helenes Unterkiefer klappte nach unten.

Silvania würgte.

„Das ist kein x-beliebiger Grottenolm", erklärte Tante Karpa. „Sondern Giuseppe. Er ist uns beim letzten Italienurlaub zugelaufen. Beziehungsweise zugeschwommen. Seht doch nur, wie süß er ist! Wie putzig er mit dem Schwänzchen wackelt! Ich könnte ihn den ganzen Tag schmoddeln."

Daka, Silvania und Helene starrten Tante Karpa an.

„Dort in Italien war er ganz allein in der großen, dunklen Grotte", fuhr Tante Karpa fort. „Da haben wir ihn einfach mitgenommen. Unser Klo ist sein neues Zuhause. Wir benutzen es ja kaum." Wie die meisten Vampire zogen es Vlad, Karpa und Woiwo Tepes vor, ihr Geschäft in der freien Natur zu verrichten. Das hatte entscheidende Vorteile: Die Luft war besser, man sparte Wasser, brauchte keine Klobürste und es war niemals besetzt.

„Das heißt, wir müssen uns die Toilette mit Giuseppe teilen?", fragte Silvania.

„Teilen? Nein. Wo denkt ihr hin!" Tante Karpa zog die Hand aus der Toilettenschüssel und sah die Mädchen entsetzt an. Dann spielte sie an den dicken Goldringen, die ihre Finger schmückten. „Die Toilette gehört Giuseppe. Wenn ihr sie benutzen wollt, müsst ihr ihm gut zureden oder ihn mit einer Wasserassel bestechen."

Die Mädchen sahen Tante Karpa fassungslos an.

Tante Karpa lächelte. „Ihr schafft das schon. Giuseppe lässt sich gerne bestechen. Wir sehen uns dann gleich unten beim Abendbrot." Mit diesen Worten hob Tante Karpa ab und flog zurück in die Küche.

„Ich wusste ja, dass eure Verwandtschaft blutrünstig ist", sagte Helene. „Aber dass sie auch einen am Tüffel hat, das wusste ich nicht."

Daka und Silvania warfen sich einen besorgten Blick zu. Das war ihnen auch neu.

Allerdings hatte Tante Karpa recht. Den Mädchen gelang es ohne weiteres, Giuseppe mit einer Wasserassel aus der Toilettenschüssel zu locken. Nachdem jede ihre Morgen- beziehungsweise Abendtoilette erledigt hatte, flogen sie nach unten zum Abendessen. Daka nahm Helene huckepack.

Der Abendbrottisch war reichlich gedeckt. Helene faszinierten besonders das Fass Blut, die Sahneblutpuddings, das Trockenfleischmüsli mit echten Warzenstücken, die rohen Fleischspieße und die Käferkonfitüre. Es gab aber auch Schwarzbrot, Butter, Hackfleisch, Honig und Joghurt.

Helene beugte sich über den Tisch und griff nach dem Honig. Auf einmal – ZAPPELDIWUSCH! – zischte etwas an ihr vorbei. Nur wenige Millimeter von ihrer Nase entfernt! Helene spürte den Luftzug. Außerdem roch sie etwas. Sie roch Tier. Dann sah sie es. Es saß auf dem Tisch. Mitten auf der Käferkonfitüre. Die Krallen bohrten sich in den Brotaufstrich. Der linke Flügel tunkte in Tante Karpas Sahneblutpudding. Der rechte in Mihai Tepes frisches Vollblut. Das Tier war eine Fledermaus. Sie hatte eine Zeitung und einen Brief im Maul.

„Pünktlich zum Abendessen!“, rief Tante Karpa und schlug entzückt die Hände zusammen.

„Die Post!“, rief Vlad Tepes. Er nahm der Fledermaus die Zeitung und den Brief aus dem Maul. Dann stellte er ihr einen Napf mit eingelegten Mücken hin. Er warf einen Blick auf den Brief, schüttelte den Kopf und warf ihn schwungvoll über die Schulter. „Rechnung.“ Dann nahm Vlad Tepes die Zeitung. *Bistrien Gazetoi* stand in großen, dicken Buchstaben auf der Titelseite.

„Helene“, begann Elvira Tepes, „bist du sicher, dass du nicht lieber meine Halskrause anlegen willst?“

Helene lächelte Frau Tepes höflich zu. „Danke,

sehr nett von Ihnen, aber lieber nicht. Ich ... äh ... schwitze so leicht."

Elvira Tepes hatte schon mindestens fünfzehn Mal versucht, Helene von den Vorteilen der Halskrause zu überzeugen. Die Halskrause würde Helene nicht nur vor bissigen Vampiren, sondern auch vor einer Mandelentzündung schützen. Und vor Knutschflecken. Wobei das in Helenes Augen vielleicht eher ein Nachteil war.

„Mach dir keine Sorgen, Mama", sagte Silvania. „Wir passen schon auf Helene auf."

Daka und Silvania wollten ihrer besten Freundin die Stadt zeigen. Und ihre Schule. In Bistrien waren im Gegensatz zu Deutschland noch keine Ferien. Daka, Silvania und Helene konnten an einem ganz normalen Schultag teilnehmen. Das war bestimmt spannend für Helene. Schließlich hatte sie noch nie in ihrem Menschenleben eine Tierkundestunde gehabt und musste noch nie am Fahnenmast nachhängen.

„Unsere Freundin rührt keiner an!" Daka nickte bestimmt und steckte sich einen Löffel voll Sahneblutpudding in den Mund.

„Ihr meint also wirklich, ihr könnt Helene gegen Hunderte von blutgierigen Vampiren schützen? Zwei zwölfjährige Mädchen?" Elvira Tepes sah ihre Töchter herausfordernd an.

„Halbvampire", sagte Daka.

„Was?"

„Wir sind zwei zwölfjährige Halbvampire."

Elvira Tepes seufzte. „Und wenn schon!"

„El Virus, beruhige dich.“ Mihai Tepes legte den Arm um seine Frau. „Dich haben die Vampire in all den Jahren doch auch nicht angerührt.“

„Ich hatte ja auch meistens dich an meiner Seite.“ Elvira strich ihrem Mann kurz über den Arm. „Und außerdem habe ich mein Blut mit dem deinen vermischt. Ich rieche nicht mehr ganz so stark nach Mensch.“

Mihai Tepes brummte. „Aber immer noch unheimlich gut.“

„Mein Bruder hat recht, Elvira“, sagte Vlad Tepes.

Elvira zog die Augenbrauen hoch. „Dass ich gut rieche?“

„Nein. Doch. Ja, auch. Ich meine, dass du dir keine Sorgen um Helene machen musst. Daka und Silvania genießen ein außergewöhnlich hohes Ansehen in Bistrien. Ach, was sage ich: bei den Vampiren in der ganzen Welt. Seit sie damals die gefährliche Germania Dracona vom Grab des Vampirjägers geholt und somit die Vampirheit vorm Aussterben bewahrt haben, kennt jeder ihren Namen. Im Stadtrat wurde sogar diskutiert, ein Denkmal für sie zu errichten.“

„Ein Denkmal?“, sagte Silvania.

„Für uns?“, sagte Daka.

„Ja, aber …“, Vlad Tepes kratzte sich hinter dem Ohr, „man hat beschlossen, das Geld doch lieber für eine neue Rennzeckenbahn auszugeben.“

„Sehen Sie, Frau Tepes“, sagte Helene. „Kein Vampir wird es wagen, mir zu nahe zu kommen.“

„Zumindest, solange wir in deiner Nähe sind“, sagte Silvania.

„Und das werden wir immer sein. Versprochen.“ Daka fasste sich mit der flachen Hand an die Brust.

Helene nickte ihren Freundinnen zu. Plötzlich musste sie an Ludo denken. Ludo Schwarzer ging mit Helene und den Zwillingen in eine Klasse. Er war sehr eigenbrötlerisch. Sehr seltsam. Und inzwischen ein sehr guter Freund geworden. Ludo redete mit Geistern und konnte in die Zukunft sehen. Mittlerweile glaubte Helene das sogar. Daka und Silvania konnten fliegen – wieso sollte Ludo nicht hellsehen können? Obwohl er meistens ziemlich finstere Sachen voraussah. Zum Abschied hatte er Helene ganz lange in die Augen gesehen. Helene wäre beinahe schwindlig geworden. Dann hatte er ihre Hand genommen und ihr ins Ohr geflüstert: „Ohne Freundinnen bist du zwar nicht allein, aber in einer Gefahr, die du nicht erkennst. Nimm dich in Acht, Helene.“

Bei dem Gedanken daran lief Helene jetzt noch ein Schauer über den Rücken. Was meinte Ludo damit? Welche Gefahr? Und wieso erkannte Helene sie nicht? Vielleicht hatte Ludo sich auch einfach nur vertan. Seine Bilder aus der Zukunft waren manchmal etwas unscharf. Allerdings … hatten sie bis jetzt letztlich immer gestimmt.

Eine feine Nase

Schlachter Sangrasa trat vor seinen Laden. Er wischte sich die blutigen Hände an der Schürze ab. Dann stemmte er sie in die Seiten. Der Abend hatte gerade begonnen. In den Budnyks regte sich Leben. Fledermäuse eilten mit Zeitungen und Briefen im Maul durch die Stadt. Die ersten S-Bahnen ratterten über das Totenkopfpflaster. Eltern brachten ihre kleinen Vampire in die Vampirkrippe, den Vampirgarten oder sie flogen bereits selbst in die Schule.

Vor dem Budnyk gegenüber stand der alte Dudu. Er warf Schlachter Sangrasa eine Kopfnuss zu, dann hängte er sich seinen Bauchladen um und füllte ihn mit frischen Innereien. Wie jeden Abend hob er mit einem Schnaufen ab und stieß kurz darauf seinen altbekannten Werbeslogan aus: „Innereien von Dudu sind stärker als Voodoo! Ob Hirn, Kutteln, Euter oder Lunge, Dudus Innereien zergehen auf der Zunge."

Neben dem Schlachterladen gingen die Rollläden des Lichtschutzfachgeschäftes hoch. In der Auslage standen Kübel mit Sonnencreme, Basecaps mit dunklem Schleier am Schirm und Schutzmasken, die den gesamten Kopf umhüllten. Im Budnyk schräg gegenüber öffnete die Tierhandlung. Ein Schild im Schaufenster verkündete, dass frische Blutegel und Wadenstecher eingetroffen waren.

Schlachter Sangrasa wollte sich gerade seinem Schaufenster zuwenden und überprüfen, ob die Auslagen auch appetitlich aussahen, als …

… als ihn etwas davon abhielt. Es war ein Geruch, der in der Luft lag. Ein Geruch, der die Nasenflügel des Schlachters zum Beben brachte. Ein Geruch, der ihm das Wasser im Mund zusammenlaufen ließ. Obwohl Herr Sangrasa gut zu Abend gegessen hatte. Es war der Geruch, der in jedem Vampir den Jagdinstinkt weckte. Der Geruch nach Mensch.

Schlachter Sangrasa fuhr sich mit der Zunge über die Eckzähne. Er ließ den Blick über die Straße schweifen. Seine Augen waren wachsam.

In dem Moment bogen drei Mädchen um einen Budnyk. Ein braunhaariges, ein schwarzhaariges und ein blondes. Schlachter Sangrasa wusste auf den ersten Blick, dass er sich nicht verrochen hatte. Nein, es gab keinen Zweifel: Das blonde Mädchen mit den rosigen Wangen und den blauen Augen war kein Vampir. Es war ein Mensch. Ein Mensch mit warmem, frischem, pulsierendem Blut in den Adern.

Von den langen, spitzen Eckzähnen des Schlachters löste sich ein Speicheltropfen und fiel auf seine Schürze.

Die Mädchen gingen auf die S-Bahn-Haltestelle zu. Erst jetzt warf der Schlachter einen genaueren Blick auf die anderen beiden Mädchen. Moment mal! Waren das nicht …

„DAKARIA UND SILVANIA TEPES?“, rief Schlachter Sangrasa.

Die Zwillinge blickten auf. Sie nickten dem

Schlachter zu. Dann sahen sie sich fragend an. Das blonde Mädchen flüsterte ihnen etwas zu. Die Schwestern zuckten die Schultern.

„Ihr seid HELDEN!“, rief der Schlachter. „DATIBOI, datiboi, datiboi! Ihr habt uns gerettet! Wartet! Ich hole euch eine frische Blutwurst!“

Silvania winkte ab. „Sehr freundlich, aber nicht nötig. Wir müssen in die Schule.“

„Wir können die Blutwurst ja später abholen“, fand Daka.

„JA! Ihr müsst UNBEDINGT noch einmal vorbeikommen“, rief der Schlachter den Mädchen zu. „Ich habe eine Wurst nach euch benannt!“

„Ach du dickes Ei“, murmelte Silvania.

„Kein Ei. WURST!“ Schlachter Sangrasa zeigte aufgeregt auf sein Schaufenster. „Hier, die Pfeffersilvani und schwarzgeräucherte Dakaknacker!“

Daka nickte dem Schlachter anerkennend zu und hob den Daumen.

Bevor Schlachter Sangrasa seine neuen Wurstkreationen zur Verkostung anbieten konnte, kam die S-Bahn. Er sah, wie das blonde Mädchen zusammen mit Silvania Tepes in den Sarg kletterte. Kurz darauf setzte sich die S-Bahn in Bewegung. Dakaria Tepes hob ab und flog neben dem Sarg her. Schlachter Sangrasa sah den Mädchen nach, bis sie um die nächste Kurve verschwanden.

„Und ich hätte aus ihrer Freundin beinahe Wurst gemacht.“ Er schüttelte den Kopf und ging zurück in den Laden.

Daka zieht Leine

Helene hatte sich im Sarg zurückgelehnt und hielt sich mit beiden Händen an den Sargseiten fest. Sie genoss die Fahrt. Der Sarg ruckelte heftig. Dafür hatte die S-Bahn ein ordentliches Tempo drauf. Helene kam sich vor wie beim Rodeln auf einer mörderisch steilen Huckelpiste. Genauso rasant war es, nur nicht so kalt. Die S-Bahn hielt automatisch an jeder Haltestelle. Mit einer Vollbremsung. In einem Sarg war Platz für vier Fahrgäste. Sie saßen hintereinander wie in einem Viererbob. Helene fand, sie hätten auch Helme wie in einem Viererbob tragen sollen. Eine S-Bahn hatte fünf Waggons, beziehungsweise Särge. Hätten in eine S-Bahn in Bindburg nur 20 Leute hineingepasst, wäre Chaos ausgebrochen. Menschenmassen hätten sich an den Haltestellen gedrängt. Jeder Mensch hatte einen dringenden Termin. Beim Chef, beim Heilpraktiker oder beim Sandmännchen. Auch Vampire hatten dringende Termine. Aber in Bistrien flogen die meisten Bewohner. Nur Flugunfähige, Altersschwache oder Kleinkinder fuhren mit der Sargbahn. Und menschliche Besucher. Die äußerst selten waren.

Daka flog dicht neben der S-Bahn. „Ich fahr das letzte Stück Leine“, sagte sie auf einmal zu Silvania und Helene. Mit zwei Armschlägen war sie bei einem der dicken Metallseile, die sich wie Oberleitungen einer Straßenbahn durch die gesamte Stadt zogen. Allerdings waren die Metallseile auf verschiedenen Höhen gespannt. Und sie bewegten sich. Statt Straßenbahnen hingen Vampire an ihnen. Kopfüber. Manche lasen dabei Zeitung. Andere summten vor sich hin und lösten Kreuzotterrätsel. Wieder andere aßen einen Snack, den sie sich bei Dudus Bauchladen gekauft hatten.

Helene schielte nach oben. „Ist das so was wie ein Skilift?"

„Im Prinzip schon", antwortete Silvania. „Fliegen ist auf Dauer ziemlich anstrengend." Wer wusste das besser als Silvania. Sie flog nur, wenn es sich wirklich nicht vermeiden ließ. Und selbst dann war sie der Meinung, sie sei zu schwer zum Fliegen. „Wenn ein Vampir aus der Puste kommt oder einfach lieber Zeitung lesen will, statt zu fliegen, hängt er sich an eine Transportleine. Deswegen gibt es bei uns auch Ausdrücke wie ‚wir fahren Leine' oder ‚wir nehmen die nächste Leine' oder eben ‚zieh Leine!'"

„Wenn jemand abhauen und die nächste Leine nehmen soll?", fragte Helene.

„Genau." Silvania deutete auf ein Haltestellenschild. „Hier müssen wir raus."

Die S-Bahn hielt mit quietschendem Sargboden. Silvania und Helene stiegen aus. Helene folgte Silvania an ein paar Budnyks vorbei. Daka wartete bereits auf sie. Sie flog hoch über ihnen vor einem Budnyk kapoi im Kreis. Der Budnyk war größer als die meisten anderen. Er leuchtete in verschiedenen

Farben. In seinem Inneren schien es zu brodeln. Der Budnyk war von Leben gefüllt wie ein Ameisenhaufen. Es wimmelte, wuselte und flatterte nur so darin. Sein unteres Ende war platt und hatte zwei Löcher. Der Budnyk sah aus wie ein riesengroßer Elefantenrüssel.

„Das ist der Haupteingang“, sagte Silvania und deutete auf die Löcher.

„Wozu?“, fragte Helene.

„Zur Schule“, rief Daka. „Los, kommt!“

Das sabbernde Klassenzimmer

Bogdan Moldovan saß in der ersten Reihe. Direkt vor der Lehrerin. Wie immer. Seine braunen, glatten Haare waren ordentlich zum Mittelscheitel gekämmt. Nur am obersten Ende des Scheitels stand ein Haarbüschel widerspenstig in die Höhe. Wie immer. Bogdan fiel es schwer, der Lehrerin zu folgen. Das war nicht wie immer. Er konnte sich einfach nicht auf das, was vor ihm passierte, konzentrieren. Seine Gedanken waren immer zwei Reihen weiter hinten. Dort saßen Daka und Silvania Tepes mit ihrer Menschenfreundin Helene. Helene sandte einen betörenden Duft aus: Sie roch nach Mensch.

Doch es war nicht Helene, die Bogdan so durcheinanderbrachte. Es war Silvania. Silvania Tepes. Seit Bogdan Silvania zum ersten Mal in der Vampirkrippe gesehen hatte, war er in sie verliebt. Sie hatte ihn damals mit Hirseblutbrei beschnippt. So hat es ihm zumindest seine Mutter erzählt. Silvania war für Bogdan das schönste Wesen des Universums. Ihre rotbraunen, welligen Haare sahen aus wie ein loderndes Meer. Ihre Augen wie Kristalle in einer moosbewachsenen Grotte. Wenn sie in ein Buch vertieft war, erschien ein Grübchen auf ihrer linken Wange. Wenn sie nervös war, bekam sie rote Ränder um die Augen. Wenn sie sich ärgerte, trat ein Äderchen an ihrer Stirn hervor. Und wenn sie sich freute, wackelten ihre Ohrläppchen. So wie vorhin, als sie Bogdan begrüßt hatte.

Bogdan seufzte. Er wusste, dass er für Silvania nicht mehr als ein guter Freund war. Manchmal vielleicht ein sehr guter Freund. Aber nicht *so ein* Freund. Doch Bogdan war kein Vampir, der schnell aufgab. Er hatte Geduld. Er hatte Zuversicht. Er hatte Ausdauer. Silvania und er waren füreinander bestimmt. Er war sich sicher. Es war nur eine Frage der Zeit, bis Silvania darauf kommen würde. Als Vampir hatte Bogdan jede Menge Zeit.

Bogdan drehte sich kurz zu den Mädchen um. Silvania lächelte ihm zu. Aber es war nicht *so ein* Lächeln. Daka flüsterte Helene etwas ins Ohr. Helene starrte auf ein Schaubild. Sie war schön blass. Auf dem Schaubild waren ein Wildschwein, ein Hirsch, ein Schaf und ein Mensch abgebildet. Mit roten Pfeilen waren die Stellen markiert, wo der Vampir am besten zubeißen konnte.

Helene war heute in der Schule schon öfters sehr blass gewesen. Vor allem im Tierkundeunterricht bei Herrn Banat. Herr Banat hatte vor der gesamten Klasse sein zweites Frühstück eingenommen. Eine Wühlmaus. Da ist Helene nicht nur blass, sondern auch ohnmächtig geworden. Bogdan fand, Daka und Silvania hätten ihre Menschenfreundin auf Herrn Banat vorbereiten müssen. Er war manchmal sogar für Vampire ein Schock. Und für Wühlmäuse.

Bogdan wandte sich wieder der Lehrerin zu. Frau Mirosa Strizio war schon seit 321 Jahren Lehrerin für Vampirgeschichte und Vampwanisch. Da sich Bistrien in Siebenbürgen befand, wuchsen die meisten Vampire dreisprachig auf. Mit Rumänisch, Deutsch und Vampwanisch. Frau Strizio gab ihr Bestes, um das Vampwanische auf den Vormarsch zu bringen. Sie war nicht nur eine glühende Verfechterin der Sprache der Vampire, sondern auch der Geschichte der Vampire.

Frau Strizio war fast zwei Meter groß und dünn wie der Zeigestock, mit dem sie gerade auf eine Karte deutete. „Hier“, sagte sie und schlug mit dem Stab auf die Karte. „Hier liegt die Wiege der Vampirheit.“ Sie sprach heute ausnahmsweise nur Deutsch, damit ihr weit gereister Gast sie verstehen konnte. Es war höchste Zeit, fand Mirosa Strizio, dass die Menschen etwas über die Geschichte der Vampire erfuhren.

„Vor ungefähr 3 Millionen Jahren kamen dort die ersten modernen Vampire auf“, fuhr Frau Strizio fort. „Von dieser Stelle aus verbreiteten sich die Vampire über die ganze Erde. Und was passierte dann vor ungefähr 2,5 Millionen Jahren?“ Frau Strizio sah forschend in die Klasse.

Alle Vampire waren schwer beschäftigt. Pitizia, die links neben Bogdan saß, hatte einen Fleck auf ihrem Handrücken entdeckt, den sie unbedingt wegschrubben musste. Sofort. Torent, der hinter Bogdan saß, war gerade der Stift heruntergefallen. Er bückte sich. Vanta, die neben Aburo in der letzten Reihe saß, hatte etwas ins Auge bekommen. Aburo beugte sich über sie. Er musste ihr helfen.

Auf einmal meldete sich Helene. Bogdan sah sie erstaunt an. So viel Mut hätte er ihr nicht zugetraut. Bei Frau Strizio meldete sich nie jemand. Einfach zur Sicherheit.

Frau Strizio nickte Helene zu. „Ja? Du weißt, was dann passierte?"

„Ich bin mir nicht sicher. Aber ... wurde dann Graf Dracula geboren?"

Einen Moment war es mucksmäuschenstill in der Klasse. Dann stieß Frau Strizio einen lauten Schrei aus. Wer die Lehrerin nicht kannte, hätte meinen können, jemand hätte ihr gerade ohne Narkose einen Eckzahn gezogen. Doch die Schüler kannten Frau Strizio. Leider, fanden sie. Sie wussten, was der Schrei war: ein Lachen. Sie stimmten in das Lachen ein. Es war immer gut, mit Frau Strizio mitzulachen. Einige Schüler warfen sich naseweise Blicke zu. Jeder Vampir wusste, dass Graf Dracula nur die Erfindung eines Menschen war.

Helene war kein Vampir. Sie wusste es nicht. Sie blickte ihre Freundinnen Hilfe suchend an. Silvania nahm ihre Hand. Daka legte ihr den Arm um die Schulter.

Frau Strizio wischte sich mit dem Handrücken eine Träne aus dem linken Auge. Sie schwebte in Rückenlage über dem Boden. Dass sie beim Lachen den Boden unter den Füßen verloren hatte, war schon lange nicht mehr vorgekommen. Wenn sie es sich recht überlegte, war das letzte Lachen überhaupt schon eine ganze Weile her. Und warum? Weil man als Lehrerin an dieser Schule einfach nichts zu lachen hatte! Sofort erinnerte sie sich an ihre Pflicht: Sie musste den Schülern die Geschichte der Vampirheit näherbringen. Und einem Menschen. Von einer Sekunde auf die andere hörte sie mit dem Lachen auf, kam zurück auf den Boden und stand da wie ein Stock.

In der Klasse wurde es wieder still.

Frau Strizio machte ein ernstes Gesicht, spitzte die Lippen und sagte: „Bogdan. Sag du uns, was vor 2,5 Millionen Jahren geschah."

Bogdan setzte sich aufrecht und strich mit den Handflächen über seinen Mittelscheitel. „Vor 2,5 Millionen Jahren gab es eine Abspaltung bei der Entstehung der Vampire. Der sogenannte Transgigantus spaltete sich ab. Eine besonders aggressive und äußerst blutrünstige Vampirart."

„Und?" Frau Strizio streckte ihr spitzes Kinn vor.

„Und ... ähm", Bogdan versuchte sich daran zu erinnern, was er noch über den Transgigantus gelesen hatte. „Rein äußerlich ist er nicht von anderen Vampirarten zu unterscheiden. Nur in seinem Wesen. Er ist angriffslustig, arglistig und ..."

In dem Moment erklang eine Sirene und ein Blaulicht über der Tür begann sich zu drehen. Das Klingeln zum Ende der letzten Stunde. Bogdan atmete auf.

Frau Strizio sah missbilligend auf das Blaulicht. Wieso hatte eine Stunde nur 60 Minuten? Wer hatte das überhaupt festgelegt? Sicher ein Mensch.

Bogdan eilte mit Silvania, Daka und Helene aus dem Klassenraum. Gemeinsam rutschten sie kurz darauf aus dem Schuleingang. Daka hatte Helene huckepack genommen. Sie flogen vom Budnyk kapoi auf einen Budnyk gurond zu und landeten schließlich auf dem Erdboden.

„Na, wie fandest du deinen ersten Schultag bei uns?", fragte Bogdan Helene.

„Super!" Helene strahlte. Dann erinnerte sie sich an etwas. Sie wurde blass. „Bis auf Herrn Banats Pausensnack. Und na ja ... ich bin wohl in einige Fettnäpfchen getreten."

„Immer noch besser, als am ersten Schultag mitten im Unterricht einzuschlafen", meinte Daka. Das war ihr vor ein paar Wochen in Deutschland passiert.

„Und dabei laut zu schnarchen", ergänzte Silvania.

„Oder im Schlaf zu sabbern", warf Daka ein.

„Hab ich nicht!" Silvania warf ihrer Schwester einen wütenden Blick zu.

Bogdan fiel wieder ein, dass die ganze Klasse beim Anblick von Helene gesabbert hatte. Er hatte sogar gehört, wie Torent der Magen geknurrt hat. Pitizia hatte den ganzen Tag nervös an ihren Fingernägeln geknabbert. Bogdan selbst war jetzt noch der Mund wässrig. Wusste Helene, in welcher Gefahr sie sich befand? Sie konnte froh sein, dass Daka und Silvania sie beschützten. Und dass jeder in Bistrien Riesenrespekt vor den Schwestern hatte, seit sie die Vampirheit mit der Germania Dracona gerettet hatten. Solange Daka und Silvania an Helenes Seite waren, würde vermutlich nichts passieren. Vermutlich. Sicher war sich Bogdan allerdings nicht. Er räusperte sich und sagte zu Helene: „Ein Tag in der Vampirschule reicht auf jeden Fall. Genau wie heute ist es sonst auch. Da verpasst du nichts."

„Bis auf das Fliegen natürlich", warf Daka ein. Sie fand es schade, dass gerade heute ihr Lieblingsfach nicht auf dem Stundenplan gestanden hatte. „Da machen wir sonst Weitfliegen, Schlängelflug, Querfeldeinflug, Hürdenflug ..."

„Flatt, flatt, flatt – die ganze Stunde." Silvania verdrehte die Augen. „Tja, *leider* verpassen wir das. Denn morgen beginnen schon die Ferien."

„Genau zur Nationalfeiernacht", warf Bogdan ein.

„Das wird so was von BOIBINE!", rief Daka. Beim Gedanken an das große Fest hatte sie ihr Lieblingsfach sofort vergessen. Daka liebte Partys. Aber die Nationalfeiernacht war viel mehr als eine Party. Sie war zwanzig Partys auf einmal. Mindestens. Außerdem würden *Krypton Krax* spielen.

Auch Silvania war voller Vorfreude. Die Vampwanische Nationalfeiernacht war wirklich etwas Besonderes. Alle Vampire waren auf den Beinen beziehungsweise in der Luft. Es war das größte und schönste Fest, das Silvania kannte.

Helene freute sich ebenso auf die nächste Nacht. Obwohl sie keine Ahnung hatte, was sie erwartete. Aber wenn Vampire feierten – das konnte doch nur gut werden. Oder?

Die S-Bahn kam mit Karacho angerattert. Mit einer Vollbremsung hielt sie vor Helene und Silvania.

„Bis morgen Abend dann!“, sagte Helene zu Bogdan.

„Azdio!“, riefen Daka und Silvania.

Bogdan verabschiedete sich von allen Mädchen mit einer Kopfnuss. Silvania klopfte er besonders liebevoll auf den graublauen Hut. Dann stieß er sich vom Erdboden ab und flog auf einen kleinen dicken Budnyk kapoi zu, in dem er mit seinen Eltern und Großeltern lebte. Er dachte an Silvanias Augen. Er dachte an Silvanias Ohrläppchen. Er kam ein wenig ins Schlingern. Aber er dachte auch an die Nationalfeiernacht. Und an Helene. Würde es Daka und Silvania gelingen, ihrer Menschenfreundin in diesem Gewimmel ständig zur Seite zu stehen?

Beobachtungen in Bauchlage

Flach wie eine Isomatte lag Dirk van Kombast im Zelt. Doch er schlief nicht. Er war hellwach. Seinen Augen entging nichts. Fieberhaft blickte er seit mehreren Stunden durch ein Fernglas. Denn seit mehreren Stunden tat sich etwas vor dem Höhleneingang.

Bereits am Nachmittag waren einige offenbar besonders lichtresistente Vampire aus der unterirdischen Stadt emporgestiegen. Einen Moment war Dirk van Kombast versucht gewesen, die Garlic Gun einzusetzen. Doch je mehr Vampire aus der Höhle kamen, desto mehr kam er von der Idee ab. Solange er sich über die genaue Wirkung seiner Präzisionswaffe nicht im Klaren war, solange er sie nicht an einem einzelnen Vampir getestet hatte, war es besser, den Feind zu beobachten.

Auf den ersten Blick sahen die meisten Vampire aus wie normale Menschen. Wie normale Menschen, die flogen. Und sich dabei ab und zu eine Fliege in den Mund steckten, die unvorsichtigerweise ihre Flugbahn kreuzte. Sie waren blass, aber das wäre Dirk van Kombast auch, würde er unter der Erde wohnen. Und nicht ins Solarium gehen. Das Beeindruckendste waren die Eckzähne. Viele männliche Vampire hatten sie hinter einem dichten Bart verborgen. Vermutlich, um sich als Mensch zu tarnen. Bei manchen waren die oberen Eckzähne so sehr ausgeprägt, dass sie bis zum Kinn reichten. Andere konnten sich mit den unteren Eckzähnen fast in der Nase bohren. Der durchschnittliche Vampireckzahn aber, schätzte Dirk van Kombast, war ungefähr doppelt so lang und so groß wie ein menschlicher Eckzahn.

Die Vampire hatten in der Nähe des Höhleneingangs auf einer kleinen Lichtung verschiedene Gebilde aus Holz aufgebaut. Sie sahen aus wie Podeste oder Bühnen. Eine Bühne befand sich sogar in einer Baumkrone. Offenbar bereiteten sie den Festplatz für ihre Nationalfeiernacht vor. Von Baum zu Baum war eine Hängebrücke gespannt. Rund um die Lichtung wurden kleine Buden und Stände aufgebaut. Ein älterer Vampir mit einem dichten grauen Bart spannte über einer Bude ein Transparent auf. Dirk van Kombast stellte das Fernglas scharf und las: „Vampire aller Länder, vereinigt euch! Wählt den *Blutigen Einheitsflügel*!“

Dirk van Kombast machte sich in Gedanken einen Vermerk. Später würde er all das in den Laptop eingeben. Jetzt wagte er es jedoch nicht, sich von der Stelle zu rühren. Zu viel ging gerade im Wald vor sich. Zu viel Seltsames.

In dem Augenblick flog ein buckliger Vampir aus dem Höhleneingang. Er hatte einen Bauchladen umgeschnallt und rief: „Innereien von Dudu sind stärker als Voodoo!“ Den Rest verstand Dirk van Kombast nicht, da der Bauchladenvampir abdrehte und auf die Lichtung zuflog.

Dem buckligen Vampir folgten drei Vampirdamen. Dirk van Kombast erkannte darunter Karpa Tepes, die Schwägerin seines Nachbarn. Mit ihrem goldblonden Haarturm war sie nicht zu übersehen. Zu überhören war sie auch nicht. Allerdings redete sie Vampwanisch. Dirk van Kombast verstand kein Wort. Vielleicht sollte er versuchen, ein Wörterbuch anzulegen. Die Sprache der Feinde zu verstehen, konnte nur hilfreich sein. Außerdem war Vampwanisch genau genommen so international wie Englisch. Es wurde weltweit gesprochen. Davon war Dirk van Kombast überzeugt.

Karpa Tepes und die anderen beiden Vampirdamen schleiften etwas auf die Lichtung. Dirk van Kombast stockte der Atem, als er sah, was es war. Karpa Tepes hatte die Beine in der Hand. Die anderen beiden hatten links und rechts den Oberkörper gepackt. Der Kopf hing schlaff zur Seite. Die Arme schleiften auf dem Boden.

Das Bild verwackelte. Dirk van Kombasts Hände zitterten. Er musste das Fernglas absetzen. Die Vampirdamen schafften eine Leiche auf den Festplatz! Einen toten Menschen! Vollkommen blutleer gesaugt, darüber bestand kein Zweifel. Bestimmt sollte er in einer grausamen Zeremonie als Opfer dargeboten werden.

Dirk van Kombast schloss die Augen und suchte nach seiner inneren Kraft. Dazu atmete er durch ein Nasenloch ein und durch das andere wieder aus. Das war die Sonne-Mond-Atmung. Er hatte sie bei Ajala im letzten Yogaworkshop erlernt. Dirk van

Kombast atmete 30 Sekunden auf diese Weise. Dann hatte er seine innere Kraft gefunden. Sie hatte in der Nähe der linken Kniescheibe gesteckt. Er nahm das Fernglas wieder zur Hand, setzte es an und war bereit, dem Gräuel ins Auge zu blicken.

Die Vampirdamen stellten die Leiche gerade mitten auf der Lichtung an einem Holzpfahl auf. „Eine Zeremonie“, murmelte Dirk van Kombast. „Hab ich's mir doch gedacht.“ Er stellte das Fernglas schärfer und suchte das Gesicht der Leiche. Obwohl er sich nicht sicher war, ob er dem Anblick standhalten würde. Sein Magen war empfindlich. Besonders seit dem letzten einwöchigen Durchfall. Doch er musste stark sein. Er war der einzige menschliche Zeuge. Als er der Leiche ins Auge blickte, erschrak er. Nicht vor Entsetzen. Vor Schreck. Und Erleichterung. Die Leiche hatte Knopfaugen. Ihre Nase war eine gehäutete Zwiebel. Den Mund bildeten zwei Orangenstückchen. In ihnen steckten vier spitze Holzstöckchen. Genau dort, wo die Eckzähne saßen. Die Leiche war keine Leiche. Die Leiche war eine ausgestopfte Vampirpuppe.

Auf einmal verstellte Karpa Tepes den Blick auf das Gesicht. Sie malte der Vampirpuppe einen dicken schwarzen Bart. Danach setzte sie der Puppe einen galanten dunkelgrauen Hut auf. Eine der beiden Vampirdamen nickte anerkennend. Die andere warf dem ausgestopften Vampir eine Kusshand zu.

Dirk van Kombast ließ das Fernglas sinken. Er atmete durch. Durch beide Nasenlöcher. Dann rieb er sich mit einer Hand die Augen. Die Vampire waren gerade mal beim Aufbau für ihr Nationalfest. Und er hatte schon das erste Herzrasen hinter sich. Was sollte das für eine Nacht werden? Die Vampwanische Nationalfeiernacht. Das klang nicht nach dem Fest der Liebe, fand Dirk van Kombast. Am besten, er machte sich auf alles gefasst.

Feiern mit Stil und Rotze

Ultimo stark!", rief Woiwo. Er stand mit unzähligen anderen Zuschauern unterhalb der Hängebrücke und sah nach oben. Auf der Hängebrücke führte sein Vater mit einem anderen Vampir einen Ha-Chi-Kampf auf. Vlad Tepes war Meister des Ha-Chi, einer uralten vampwanischen Kampfsportart. „Zack! Zong! Wong!", rief Woiwo und machte die Armbewegungen seines Vaters nach. Die waren jedoch nur schmückendes Beiwerk. Sie sollten die Atmung unterstützen und den Gegner einschüchtern. Die eigentliche Waffe beim Ha-Chi-Kampf war die Nase. Die Gegner schleuderten sich explosionsartig Luft durch die Nase entgegen. Die Luft schoss mit einer Geschwindigkeit von bis zu 160 Kilometer pro Stunde auf den Gegner zu. Ziel war es, den Gegner umzuniesen, ihn zum Abwenden zu bringen oder ihn seiner Nieskraft zu berauben.

Vlad Tepes lag zweifelsohne in Führung. Sein Gegner schwankte, war pitschnass und suchte in seiner Nase verzweifelt nach einem kräftigen Nieser. Die Vampirmenge unterhalb der Hängebrücke jubelte Vlad Tepes zu. Der blähte die Nasenlöcher.

Helene Steinbrück blähte die Backen. Es war ihr erster Ha-Chi-Kampf. Sie war sichtlich beeindruckt.

Daka hatte sich gerade bei Dudu etwas zum Knabbern gekauft. Sie zog Helene am Arm. „Komm, Silvanias Auftritt fängt gleich an."

Silvania war Saikatotänzerin. Seit ihrem sechsten Lebensjahr tanzte sie im Verein. Seit ihrem sechsten Lebensjahr trat sie jedes Jahr in der Nationalfeiernacht auf.

Daka und Helene zwängten sich durch die Vampirmenge bis direkt vor die Bühne. Die Saikatogruppe hatte schon Aufstellung genommen. Alle zehn Tänzerinnen und zehn Tänzer hatten den rechten Arm und die Hand ausgestreckt. An ihrem Zeigefinger hing jeweils eine Fledermaus. Die Tänzerinnen und Tänzer begannen gleichzeitig, mit einem Fuß aufzustampfen. Es klang wie ein Donnergrollen, das immer näher kam. Plötzlich ertönte eine Orgel. Die Tänzerinnen und Tänzer hoben gleichzeitig vom Boden ab und bildeten blitzschnell in der Luft eine riesengroße Kugel. Um sie herum bildeten die Fledermäuse einen Kreis. Es sah aus, als schwebte der Saturn mit seinem Ring über der Bühne im Wald.

Helene blieb der Mund offen stehen.

Daka griff neben Dudus Knabbereientüte.

Durch die Zuschauermenge ging ein Raunen.

Daka und die anderen Vampire hatten schon viele Saikatotänze gesehen. Doch jedes Jahr ließ sich die Gruppe zur Nationalfeiernacht etwas Besonderes einfallen. Silvania wurde per Fledermauspost in Deutschland über die neuen Tanzschritte informiert. Sie hatte gestern noch zwei Stunden mit der gesamten Gruppe geübt.

Die Saikatotänzerinnen und -tänzer wirbelten durch die Luft und über die Bühne. Sie flogen im Spagat von einer Bühnenseite zur anderen. Sie schossen wie Raketen in die Höhe und explodierten wie Feuerwerkskörper. Sie drehten Pirouetten auf dem Kopf. Sie hielten sich mit den Füßen die Ohren zu. Sie wackelten mit den Köpfen, den Hüften und den Popos. Die Fledermäuse auch.

Eigentlich interessierte sich Helene nicht fürs Tanzen. Aber das, was Silvania und ihre Gruppe dort auf der Bühne zeigten, das war mehr als Tanz. Das war Zauberei. „Zensatoi futzi!", rief Helene ihrer Freundin zu, als sie nach dem Tanz von der Bühne stieg. Helene kannte schon ein paar vampwanische Ausdrücke. Zum Beispiel „Zensatoi futzi". Das hieß „supermegawahnsinnsenormsensationellverblüffendausgezeichnet".

Silvania lächelte Helene zu. Dann zog sie ein rosafarbenes Spitzentaschentuch aus ihrem Rock und tupfte sich ein paar Schweißperlen von Stirn, Nase und Oberlippe.

Daka tupfte ihrer Schwester mit der Serviette von Dudu über die Wange. „Du warst absoluter Wahnsinn!"

„Datiboi", hauchte Silvania. Sie hatte rote Ringe um die Augen. Auch wenn sie als Saikatotänzerin schon seit sechs Jahren auf der Bühne stand, war sie bei jedem Auftritt nervös. Ein bisschen zumindest.

„Von wem hast du denn die dunkelrote Rose bekommen?" Helene deutete auf die Blume, die Silvania in ihren Gürtel gesteckt hatte.

„Weiß nicht. Die hat jemand für mich abgegeben."

„Bogdan. Garantiert." Daka nickte bestimmt.

Silvania seufzte leise. Sie wollte nicht über Bogdan reden. Bogdan war ihr Freund aus der Vampirkrippe. Bogdan war nett. Sehr nett. Und sehr klug. Manchmal war er sogar lustig. Aber er war ... eben Bogdan. Er hatte keine winterhimmelgrauen Augen. Und keinen Leberfleck auf der linken Wange. Er hatte auch keinen rot-blau gestreiften Schal, der nach Waldboden, Meersalz und Limo roch. Bogdan war Bogdan. Und nicht Jacob.

Silvania seufzte nochmals, als sie an Jacob dachte. Er war ihr Nachhilfelehrer in Bindburg. Vielleicht war er sogar ihre große Liebe. Das wusste Silvania noch nicht. Sie hoffte, dass sie es bald herausfinden würde.

„Kommt, gehen wir. Sonst verpassen wir noch das Rotzen der Jungfrauen", sagte Silvania, um schnell das Thema zu wechseln.

„Das WAS?" Helene klopfte sich aufs Hörgerät. „Ich habe gerade Rotzen der Jungfrauen verstanden."

Daka und Silvania nickten. Sie zogen Helene zur Mitte der Waldlichtung. Dort hatte sich eine Schar Schaulustiger versammelt. Und elf Jungfrauen. Sie standen an einer Linie mit gut fünf Meter Abstand zu einer Vampirpuppe, die an einem Pfahl aufgestellt war. Eine Jungfrau beugte sich vor, hielt sich mit dem Zeigefinger das linke Nasenloch zu und rotzte dann aus dem rechten Nasenloch eine kleine

Kugel heraus. Sie fiel nur wenige Zentimeter vom ausgestopften Vampir entfernt zu Boden. Durch die Zuschauermenge ging ein enttäuschtes „Och".

„Was machen die da?", fragte Helene. „Ha-Chi für Anfänger?"

Silvania schüttelte den Kopf. „Das Rotzen der Jungfrauen ist eine aus Urzeiten überlieferte Tradition."

„Die Jungfrauen stecken sich Fruchtbarkeitsbeeren in ein Nasenloch", fuhr Daka fort. „Sie rotzen die Beeren aus der Nase, so kräftig es geht. Dabei müssen sie versuchen, den ausgestopften Vampir zu treffen. Trifft eine Jungfrau die Puppe, wird sie bald einen strotzenden Vampir abbekommen und viele strotzende Vampirbabys mit ihm rotzen ... äh, zeugen, meine ich."

Auf einmal schrien die Vampire um sie herum auf. Eine Jungfrau hatte die Vampirpuppe getroffen. Sie hob vor Freude vom Boden ab und machte einen Überschlag.

„Verstehe", sagte Helene. „Das ist wie bei einer Hochzeit den Brautstrauß fangen bei uns." Helene war froh, dass sie mit nach Bistrien geflogen war. Die Zwillinge hatten nicht übertrieben: Die Vampwanische Nationalfeiernacht war jeden einzelnen Flugkilometer wert. All die Stände mit den seltsamen Speisen! Die irren Lichter und Klänge. Das Blut vom Fass und der Karpovka flossen in Strömen. Die verwegensten Mutproben fanden statt: Welcher Vampir hielt es am längsten unter einer Sonnenbank aus? Wer wagte sich am dichtesten an eine Knoblauchzehe heran? Welche Vampirdame schaffte es, mit fünf ausgewachsenen Vampiren gleichzeitig zu jonglieren? Die Vampirkinder tollten in den Bäumen und im Laub herum und steckten sich gegenseitig lange Regenwürmer in die Nase. Die Alten hingen an den Ästen und betrachteten das Treiben aus der Höhe. Ab und zu tranken sie laut schlürfend mit einem Strohhalm aus ihrem Blutbembel. Im ganzen Wald wimmelte es nur so von Vampiren. Sowohl auf dem Boden als auch in der Luft.

Helene war wie elektrisiert. Sie bemerkte nicht, wie den Vampiren die Nasenflügel zitterten, sobald sie in der Nähe war. Wie die Vampire raunten und sie mit gierigen Blicken verfolgten. Wie ihnen der Speichel von den Eckzähnen tropfte und ihnen Daka und Silvania warnende Blicke zuwarfen.

Die Schwestern wichen ihrer Freundin nicht von der Seite. Eine blieb immer bei Helene. Und dann waren da ja auch noch Onkel Vlad, Tante Karpa, Mihai und Elvira Tepes, die Helene, so gut sie konnten, im Auge behielten. Auch sie hatten sich das Rotzen der Jungfrauen angesehen. Bis auf Vlad Tepes, der am Stand des *Blutigen Einheitsflügels* die nächste Vampirrevolution ankündigte.

Eine kleine, untersetzte Jungfrau wollte gerade ihre Fruchtbarkeitsbeere auf den ausgestopften Vampir rotzen, als es in einer Baumkrone schepperte. Die Jungfrau kam aus dem Konzept, die Beere kullerte aus ihrer Nase und fiel ihr vor die Füße. Die Jungfrau sah traurig auf die Beere. „Fumpfs."

In der Baumkrone schraubte jemand an einem Schlagzeug herum. Es schepperte abermals.

„Schlotz zoppo!", rief Daka. „In fünf Minuten spielen *Krypton Krax*! Wir müssen uns erstklassige Plätze sichern. Rapedadi!"

Ohrenjucken

Er hatte es gewagt, das Zelt zu verlassen. Dirk van Kombast lag mit dem Bauch auf einem dicken Ast, ungefähr zehn Meter über dem Erdboden. Seine langen, schlanken Beine baumelten nach unten. In den Händen hielt er das Fernglas. Seit Stunden lag er so da. Seine Knochen schmerzten. Sein Nacken war verspannt. Er musste mal.

Aber die Aussicht war es wert. Er hatte die unglaublichsten Dinge gesehen. Ausgewachsene Vampire hatten sich gegenseitig vollgeniest. Die umstehenden Vampire hatten ihnen applaudiert. Ganz gewiss war es ein uraltes Ritual, so etwas Ähnliches wie eine Taufe womöglich. Andere Vampire – soweit Dirk van Kombast es erkennen konnte, waren es nur junge Vampirdamen gewesen – hatten sich etwas in die Nasenlöcher gesteckt und es danach wieder hinausgepustet. Vielleicht eine Art Schnupftabak. Traf eine der Vampirdamen mit dem Schnupftabak die Vampirpuppe, brach großer Jubel aus. Was das zu bedeuten hatte, wusste Dirk van Kombast nicht so recht. War es ein einfaches Spiel und wer die Puppe traf, hatte gewonnen? Oder galt es, ein bestimmtes Körperteil der Puppe zu treffen? Vielleicht bauten die Vampire aber auch ihre Aggressionen ab, indem sie auf eine Puppe rotzten. Dirk van Kombast beschloss, diese Frage demnächst in seinem Vampirjägerforum im Internet zu diskutieren.

Jetzt strömten einige Vampire zu dem großen Baum, in dessen Krone sich eine Bühne befand. Dirk van Kombast fiel auf, dass es überwiegend junge Vampire waren. Auch Daka und Silvania Tepes waren darunter. Daka hatte Helene huckepack. Sie flogen direkt vor die Bühne. Neben ihnen flog ein Vampir mit braunen Haaren, die akkurat zum Mittelscheitel gekämmt waren. Nur am Hinterkopf stand ein Haarbüschel ab.

Die Bühne lag vollkommen in Dunkelheit. Nichts war zu sehen. Nichts war zu hören. Trotzdem kreischten einige der Vampire vor der Bühne. Sie schienen auf etwas Großes zu warten. Dirk van Kombast spürte, wie er selbst unruhig wurde. Was würde im nächsten Moment auf der Bühne zu sehen sein? Eine blutige Showeinlage? Eine Vorführung mit Biss?

Auf einmal leuchtete über der Bühne in der Spitze der Baumkrone eine goldene Schrift auf. Die Menge vor der Bühne jubelte. Die Schrift flackerte. Dirk van Kombast las: „K-r-y-p-t-o-n K-r-a-x." Er stutzte. Krypton Krax? Das hatte er schon einmal gehört. Aber wo?

Erst jetzt erkannte er, dass es keine Lampen waren, die in der Spitze der Baumkrone leuchteten. Es waren Kerzen, die auf den Rücken von Fledermäusen standen. Die Fledermäuse formierten sich neu. Dirk van Kombast las: „Z-e-n-s-a-t-o-i f-u-t-z-i."

Wie ärgerlich, dass er kein Vampwanisch verstand. Das konnten wichtige Geheimbotschaften sein!

Die Vampire vor der Bühne verstanden Vampwanisch. Sie kreischten, schrien und machten Luftsprünge.

Dirk van Kombast sah, wie Helene sich bei dem Jungen mit dem Mittelscheitel auf die Schultern setzte. Daka machte eine Rolle in der Luft und stieß die Faust in die Höhe. Dabei rief sie etwas, was Dirk van Kombast nicht verstand.

Plötzlich brach ein ohrenbetäubender Lärm aus. Im gleichen Augenblick wurde die Bühne von mehreren Kerzen erleuchtet. Dirk van Kombast erkannte einen Schlagzeuger, der mit den Drumsticks wirbelte und auf die Becken schlug, als wäre er vom Teufel besessen. Er hatte den Kopf wie eine Schildkröte zwischen den Schultern eingezogen, trug eine große Sonnenbrille mit pinkfarbenem Rand und hatte pinkfarbene Haare. Sie sahen aus wie die Pompons einer Cheerleaderin. Außerdem standen ein Bassist, ein Orgelspieler und zwei weitere Musiker auf der Bühne, deren Instrumente Dirk van Kombast nicht kannte. Aus der Spitze der Baumkrone kam der Sänger auf die Bühne geschwebt. Er war vollkommen in Schwarz gekleidet. Seine Hände und sein Gesicht waren schneeweiß, seine Haare pechschwarz. Nur die Haarspitzen leuchteten in einem schrillen Rot.

Die Vampire vor der Bühne waren zu einer einzigen, pulsierenden Masse verschmolzen. Die Masse hüpfte, drehte sich, riss die Arme in die Höhe, wackelte mit den Köpfen, pfiff, johlte und sang.

Dirk van Kombast juckten die Ohren. So eine

Musik hatte er noch nie gehört. Es war eine Mischung aus Punk, Rap, Heavy Metal, Techno und Kinderliedern. Es war eine unmögliche Mischung, fand Dirk van Kombast. Er hatte zu Hause eine erlesene Musiksammlung. Mit Jazz, Weltmusik und Klassik. Seine Ohren waren Feinschmecker beziehungsweise Feinhörer. Dirk van Kombast befürchtete, sie würden bei der Musik, die sie jetzt hören mussten, einen bleibenden Schaden davontragen.

Doch was sollte er tun? Mit der linken Hand hielt er sich am Ast fest, mit der rechten hielt er das Fernglas. Er konnte sich noch nicht einmal die Ohren zuhalten. „Das ist die furchtbarste Musik, die ich jemals gehört habe", zischte er durch die Zähne hindurch. Dann biss er sie aufeinander und zwang sich zum Durchhalten. „Für dich, Mutti."

Mucke, schön muffig

Das ist die absolut obererstklassigste Musik, die ich jemals gehört habe“, rief Daka ihrer Schwester, Helene und Bogdan zu. „Das ist Revolution. Das ist wild. Das ist besser als Frischblut!“ Dann warf sie den Kopf im Rhythmus vor und zurück und schüttelte dabei die Arme aus. Sie flog eine Rolle, hielt inne, als sie kopfüber in der Luft stand, und schüttelte die Füße. Dabei stieß sie schrille Schreie aus.

Silvania stand auf einem Ast, wippte im Takt mit dem Kopf und mit der großen Zehe. Daka hatte recht. *Krypton Krax* waren gut. Aber nicht so gut wie ein dicker Liebesroman mit Happy End.

Bogdan war froh, dass er eine Ausrede hatte, warum er nicht tanzen konnte. Er hatte Helene auf den Schultern. Hätte er sie nicht auf den Schultern gehabt, hätte er auch nicht tanzen können. Er mochte Musik. Aber er hüpfte immer neben dem Rhythmus. Vor Silvania, die Bogdans Meinung nach eine der besten Saikatotänzerinnen war, war ihm das besonders peinlich.

Helene sah fasziniert auf die Bühne. Der Schlagzeuger war ein einziges, pinkfarbenes Knäuel, so sehr schüttelte er den Kopf im Rhythmus. Der Orgelspieler hing mit den Beinen an einem Ast und haute kopfüber in die Tasten. Der Ast wackelte. Der

Vampir an der Bassgitarre war der Einzige, der ganz ruhig auf der Bühne stand. Er hatte einen großen Hut auf, eine große Sonnenbrille und große, spitze Schuhe an. Immer, wenn er eine Saite zupfte, schob er das Kinn kurz vor. Das war die einzige Bewegung. Es sah rattencool aus.

Neben dem Bassisten flog ein Vampirmädchen im Zickzack hin und her. Sie stand nie still. In den Händen hielt sie einen länglichen Holzkasten. Über seine Mitte waren vier Saiten gespannt, dicht daneben waren zwei Löcher, die die Form einer Fledermaus hatten.

Helene beugte sich nach unten zu Bogdan. „Was spielt denn das Mädchen für ein Instrument?“

„Einen Windheuler. Sie Saiten werden durch Luftbewegungen zum Klingen gebracht. Der Windheulerspieler muss sich deswegen immer bewegen“, erklärte Bogdan.

Helene beobachtete das Mädchen auf der Bühne. Sie stand wirklich nie still. Windheuler spielen musste sehr anstrengend sein.

Rechts vom Sänger flog ein Vampir in Rückenlage. Er hielt einen großen, unförmigen weißen Stock in den Händen und blies hinein. „Und was pustet der da?“, fragte Helene.

„Das ist Bato“, antwortete Daka, die gerade bei einer Drehung vorbeigeflogen kam. „Er spielt Knochpete. Und zwar absolut boibine.“

„Die Knochpete ist ein altes vampwanisches Blasinstrument. Sie wird aus Knochen gefertigt“, erklärte Bogdan.

„Und der da gerade das Looping macht, das ist Murdo. Der beste Sänger der Welt“, fügte Daka hinzu. Sie grinste kurz, dann drehte sie sich mit einem Satz um und hüpfte, warf den Kopf vor und zurück und sang lautstark mit: „RAPEDOSCH BOSCH MOI MOI MELO!“ Das war der neueste Song von *Krypton Krax*.

Daka schloss einen Moment die Augen. Sie ließ die Musik durch ihren Körper strömen. Es prickelte wie eine zu heiße Dusche. Wie Sonnenlicht auf ihrer blassen Haut. Gefährlich gut.

Helene ließ sich von Dakas Begeisterung anstecken. Sie begann auf Bogdans Schultern zu hüpfen. Dabei riss sie die Arme in die Höhe, wackelte mit dem ganzen Oberkörper und schwenkte die langen blonden Haare im Kreis.

Bogdan schwenkte auch. Nach rechts. Nach links. Nach vorne. Und zurück. Er hatte Mühe, sich in der Luft zu halten. Sein Gesicht war nicht mehr blass. Es war lila vor Anstrengung.

Silvania musterte ihren Schlammkastenfreund aus den Augenwinkeln. Das Lila stand ihm gut, fand sie. Sie sah zu Helene. Sie seufzte. Noch ein *Krypton Krax*-Fan. Wie hatte es Daka geschafft, Helene so schnell anzustecken?

„Datiboi, Datiboi, Datiboi!“, rief Murdo in dem Moment mit seiner tollen tiefen, rauen Stimme ins Mikrofon.

Die Zuschauer kreischten.

Murdo nutzte die Pause und nahm einen Schluck aus seiner Trinkflasche. Ein Tropfen Blut rann ihm aus dem Mundwinkel. Er leckte ihn blitzschnell mit seiner langen, spitzen, bläulichen Zunge ab.

„HÄNGT IHR ALLE GUT AB?“, rief Murdo ins Mikro.

Die Menge grölte zustimmend.

„HABT IHR'S ALLE SCHÖN MUFFIG?“, rief Murdo.

Die Vampire stießen Freudenschreie aus.

„Wollt ihr es so FINSTER, dass sich eure ECKZÄHNE VERBIEGEN?“, fragte Murdo.

Die Zuschauer pfiffen und jubelten. Ja, das wollten sie.

„Jetzt wird's so modrig weich, dass eure Knochen zu Pudding werden“, versprach Murdo. „Ein Liebeslied.“

Durch die Zuhörermenge ging ein entzückter Aufschrei.

„Ein Duett“, fuhr Murdo fort. „Ich brauche eine Partnerin.“ Er hob von der Bühne ab und ließ den Blick über das Publikum schweifen.

Fünf Vampirmädchen flogen sofort in Ohnmacht. Drei waren kurz davor. Eine fächerte sich mit der flachen Hand Luft zu. Eine andere starrte Murdo erwartungsvoll an.

Wie auf einem Trampolin hüpfte Daka unablässig in die Höhe. „ICH!“, rief sie. „Nimm MICH!“ Beinahe hätte sie Murdo umgehüpft.

Doch er beachtete sie nicht. Zielstrebig flog er auf ein Mädchen zu. Es hatte lange blonde Haare. Es hatte strahlend blaue Augen. Es saß auf Bogdans Schultern.

Es waren nicht die Haare, die Murdo anzogen. Es waren auch nicht die Augen. Es war der Geruch. Murdo hielt Helene die Hand hin. Er forderte sie mit einer Kopfbewegung auf, mit ihm zur Bühne zu fliegen.

Helene starrte Murdo mit großen Augen an.

„Das geht nicht“, wandte Bogdan ein. „Sie kann nicht fliegen.“

Murdo musterte Helene interessiert. „Macht nichts. Im Gegenteil.“ Dann zog er Helene von Bogdans Schultern. Er nahm sie auf den Arm, als wäre sie eine Puppe, und flog mit ihr auf die Bühne.

Daka blieb mitten im Hüpfer in der Luft stehen. Ihr Mund klappte auf. Heraus kam nur ein Wort: „H-e-l-e-n-e?“

Murdo erklärte Helene auf der Bühne kurz, was sie zu tun hatte. Dann begann er zu singen. Das Lied war etwas langsamer und etwas leiser als die anderen *Krypton Krax*-Titel. Aber nur etwas.

Helene sah zu ihren Freunden vor der Bühne. Bogdan kreiste mit den Schultern. Zentimeter für Zentimeter rückte er dabei näher an Silvania heran. Silvania lächelte Helene zu. Daka sah aus, als wäre sie mitten im Luftsprung eingefroren. Sie sah Helene mit großen Augen an.

Helene spürte einen Lufthauch. Murdo hatte von der Bühne abgehoben und flog mit weit geöffneten Armen um sie herum. Seine Hände waren weiß wie Knochen und lang und dünn. Sie sahen aus wie zwei weiße Spinnen. Murdos Haare waren kohlrabenschwarz, nur die Spitzen leuchteten knallrot wie gefährliche Dornen. Das Fesselndste aber waren seine Augen. Sie waren orangefarben. In ihnen schien ein Feuer zu glühen.

Helene wurde völlig aus den Gedanken gerissen, als Murdo ihr das Mikrofon hinhielt. Schnell sang sie wie abgesprochen: „Schmoddel jobju je, jobju je, jobju je."

Im nächsten Augenblick warf Murdo das Mikro einfach über die Schulter weg, hob Helene hoch und wirbelte sie durch die Luft. Er schmiss sie in die Höhe, flog unter ihr durch und fing sie kurz vor dem Bühnenboden wieder auf. Dann zog er sie auf seinen Rücken und flog mit ihr ein doppeltes Looping. Helene wurde schwindlig. Von den vielen Drehungen, von Murdos feurigen Augen und von dem Rausch, in dem sie sich befand.

Die Zuhörer klatschen, pfiffen und jubelten. Was für eine Show! Das Publikum kochte vor Begeisterung. Das ganze Publikum? Nein. Ein Vampirmädchen mit einer Seeigelfrisur stand mit verschränkten Armen in der Luft und starrte auf die Bühne. Sie hatte den Kopf gesenkt, die Augenbrauen zusammengezogen und die Oberlippe vorgeschoben.

Im Backtreebereich

Wo bleibt sie denn nur?“ Daka hatte die Arme noch immer verschränkt. Sie warf einen verärgerten Blick auf den Backtreebereich.

„Du hast doch gehört, was Bato gesagt hat“, erwiderte Silvania. Sie kaute auf ihrer Unterlippe und sah immer wieder zu den Zweigen, hinter denen Murdo mit Helene verschwunden war.

Ja, gehört hatte Daka es. Aber sie konnte es noch immer nicht glauben. Murdo hatte Helene nach dem Konzert einfach mit in den Backtreebereich genommen. Um ihr ein Autogramm zu geben. Seit wann musste man dazu verschwinden?

Silvania schielte zu ihrer Schwester. „Du bist auch nervös, stimmt's?“

„Ich? Gumox. Warum soll ich nervös sein?“

„Na, wegen Helene. Schließlich ist sie dort irgendwo im Baum ganz allein mit Murdo.“

Daka sah ihre Schwester nachdenklich an. Dann bekam sie einen beängstigenden Ausdruck in den Augen und flüsterte: „Allein mit Murdo.“

Silvania nickte. „Ganz allein mit einem Vampir.“

Daka stutzte. „Ach so. Du denkst, Murdo könnte Helene gefährlich werden? Sie beißen und so?“

„Na klar. Was denn sonst!“

Daka winkte ab. „Ich würde meine Hand für Murdo ins Feuer legen. Der tut Helene nichts.“

„Und woher willst du das wissen? Du kennst ihn doch gar nicht." Silvania sah ihre Schwester herausfordernd an.

„Na hör mal. Ich bin seit fast fünf Jahren Fan von *Krypton Krax*. Und außerdem ... außerdem sind Bogdan und Onkel Vlad dort oben." Daka zeigte in die Spitze der Baumkrone. Bogdan und Onkel Vlad hingen jeweils an einem Ast und ließen den Backtreebereich nicht aus den Augen.

„Trotzdem. Ganz wohl ist mir nicht dabei", erwiderte Silvania. Sie wickelte eine rotbraune Haarsträhne um den Zeigefinger und schielte zur ihrer Schwester.

„Glaub mir. Helene passiert nichts."

„Und wieso bist du dann so komisch stinkig drauf, wenn du dir da so sicher bist?", fragte Silvania.

„Bin gar nicht stinkig." Daka rümpfe die Nase.

„Und wie!" Silvania musterte ihre Schwester. „Du sagst kaum ein Wort, stehst da wie zusammengeschnürt und deine Augen funkeln so dunkel, dass jede Lakritzschnecke dagegen verblasst. Und zwar seit ..." Silvania tippte sich mit dem Zeigefinger auf die Lippen. „... seit Murdo Helene auf die Bühne geholt hat!"

Daka starrte geradeaus in die Luft.

Silvania lehnte sich zu Dakas Ohr und zirpte: „Seit Murdo mit Helene das Liebeslied gesungen hat."

Daka drehte den Kopf weg.

„Und seit die beiden diesen wahnsinnig romantischen, aufregenden Flugtanz hingelegt haben", fuhr Silvania fort.

Daka machte: „Pah!"

„Dakariaaa." Silvania stippte ihre Schwester mit dem Zeigefinger in die Seite. „Bist du etwa eifersüchtig?" Silvanias Augen funkelten triumphierend. Ihre kleine Schwester. Nie wollte sie etwas von Liebe wissen. Immer machte sie sich über Silvania lustig. Liebe war bäh und albern und käsig. Doch jetzt hatte es sie erwischt. Oder?

„Spinnst du? Eifersüchtig?" Daka schüttelte vehement den Kopf. „T-o-t-a-l-e-r Gumox!"

„Ach. Und wieso bist du dann so unterirdisch mies drauf?"

„Ich bin nicht –" Daka seufzte. „Na schön. Dann bin ich eben mies drauf. Ein bisschen. Aber doch nur, weil *Krypton Krax* MEINE Lieblingsband ist. ICH kenne jede Liedzeile auswendig. ICH habe jeden Artikel über sie ausgeschnitten. ICH habe jeden Song auf meinem MP3-Spieler. ICH bin der größte *Krypton Krax*-Fan überhaupt. MICH hätte Murdo auf die Bühne holen sollen, nicht …"

„Helene?", rief Silvania.

Helene hüpfte von einem Ast auf die Bühne. „Redet ihr gerade von Murdo?"

Silvania hatte den Eindruck, Helenes Augen strahlten so blau wie noch nie.

„Es war sooooo cool mit ihm!", fuhr Helene fort. „Wie er mich auf die Bühne geholt hat! Und wie ich dann mit ihm getanzt habe!"

„Sah total albern aus", brummte Daka. „Menschen können nicht Flugtanzen."

Silvania warf ihrer Schwester einen strafenden

Blick zu. Helene hatte Dakas Bemerkung offenbar sowieso nicht mitbekommen.

„Und dann im Backtree“, fuhr Helene fort, „hat er mir noch seinen allerneusten Song vorgesungen.“

„WAS?“ Daka schüttelte fassungslos den Kopf.

„Hört sich richtig gut an“, fand Silvania. Sie liebte romantische Geschichten.

Daka fand, es hörte sich grausam an. Sie hielt sich kurzentschlossen die Ohren zu. Aber die Neugierde zwang sie dazu, die Finger immer wieder aus den Ohren zu ziehen.

„Und Murdo ...“ Helene holte tief Luft. „Er ist so wunderbar unheimlich. Guckt mal, er hat mir zum Andenken sogar etwas auf den Arm gemalt.“ Helene hielt ihren Freundinnen den rechten Arm hin.

Silvania beugte sich interessiert darüber. Daka schielte aus den Augenwinkeln auf den Arm.

„Ein Strichvampir!“, sagte Silvania.

Helene nickte. „Das soll Murdo sein. Damit ich ihn nicht vergesse, hat er gesagt.“ Helene grinste ihren Freundinnen zu. „Als ob ich das noch könnte!“

Silvania lächelte zurück.

Daka sah Helene entgeistert an. Sie räusperte sich. „Tja, tolle Geschichte. Aber das war's dann wohl. Garantiert siehst du Murdo nie wieder.“

„Doch“, erwiderte Helene. „Na ja, vielleicht. Er hat versprochen, dass er sich bei mir meldet, solange ich noch in Bistrien bin.“

„HÄ? Das ist doch total bescheuert.“ Daka verschränkte die Arme noch fester.

Helene sah sie erstaunt an. „Wieso?“

„Na, weil … weil Murdo gar keine Zeit für so etwas hat. Er ist Sänger von *Krypton Krax*! Er muss sich um seine anderen Fans kümmern.“

Helene musterte Daka einen Moment. Was war ihr denn für eine Fledermaus über die Leber geflogen?

Silvania hakte sich links bei Daka und rechts bei Helene ein. „Wir werden ja sehen, ob Murdo sich meldet. Jetzt ist Nationalfeiernacht. Los, ich lad euch auf eine Blutzuckerwatte ein.“

Die Milchkuh

Helene konnte den ganzen Tag kaum schlafen. Die Nationalfeiernacht hatte zu viele Eindrücke hinterlassen. Und Murdo. Der Sänger von *Krypton Krax*. Sobald sie die Augen schloss, sah sie seine orangefarbenen Pupillen vor sich. Und dann begann sofort ein Feuer in ihr zu lodern. Ganz tief in ihrem Inneren.

Murdo war anders als alle Jungen in Helenes Klasse. Murdo war anders als alle Jungen, denen Helene jemals begegnet war. Vielleicht lag es daran, dass Murdo kein Junge war. Murdo war ein Vampir. Bei dem Gedanken daran rieselte ein wohliger Schauer über Helenes Rücken.

Beim Abendessen brachte Helene keinen Bissen herunter. Sie hatte das Gefühl, ihre Kehle wäre vor lauter Gefühlen verstopft.

Auch Daka aß kaum etwas. Doch das fiel nur Silvania auf. Noch nicht einmal Frau Tepes bemerkte es. Sie hätte übersinnliche Fähigkeiten benötigt, um es zu bemerken. Sie saß nicht mit dem Rest der Familie um den Abendbrottisch, sondern mit ihrem Mann im edlen Restaurant des Hotels „Vier Fleischmahlzeiten“. Mihai Tepes hatte seine Frau zum Dinmid eingeladen.

Das Dinmid war erst seit ein paar Jahren in Bistrien in Mode gekommen. Amerikanische Vampire hatten es eingeführt. Es war eine Mischung aus Dinner und Mitternachtsessen. Es begann in der Abenddämmerung und konnte bis in die frühen Morgenstunden dauern. Je nachdem, wie ausdauernd man war und wie viel zu essen es gab. Mihai Tepes ging gerne aus. Er zeigte sich gerne. Vor allem mit seiner wunderschönen Frau. Außerdem genoss er es, mit seiner wunderschönen Frau einmal allein zu sein – so sehr er seine Töchter auch liebte. Mihai und Elvira Tepes hatten den Budnyk also bereits vor dem Abendessen verlassen.

Nach dem Abendessen flog Tante Karpa mit Woiwo zu ihrer Schwester Slodka. Tante Karpa hatte einen schwarzen Strampler für sie gestrickt. Woiwo liebte Tante Slodka. Ultimo. Tante Slodka sabberte, pupste und schrie, wann es ihr passte. Sie fragte Woiwo nie, wie es in der Schule war. Oder was er werden wollte. Oder woher der Dreck unter seinen Fingernägeln kam. Woiwo fand es cool, eine Tante zu haben, die er unter den Arm klemmen konnte.

Obwohl Slodka fünfzig Jahre früher als Karpa Tepes geboren wurde, war sie gerade mal elf Monate alt. Schon mit fünf Monaten hatte sich ihr Alterungsprozess verlangsamt. Mit elf Monaten war er ganz zum Stehen gekommen. Slodka würde immer elf Monate bleiben, ihr ganzes Vampirleben lang. Sie machte nicht den Eindruck, als hätte sie damit ein Problem.

Bei Vampiren war es normal, dass sich der Alterungsprozess irgendwann verlangsamte. Doch meistens geschah das erst viel später, wenn die Vampire ausgewachsen und in der Lage waren, eigene Familien zu gründen.

Karpa Tepes und der Rest der Familie fanden es hinreißend, immer ein Baby im Haus zu haben. Mindestens einmal die Woche besuchte Tante Karpa ihre Schwester. Meistens kam Woiwo freiwillig mit. So wie heute.

Vlad Tepes jedoch hatte Verpflichtungen. Er war Kandidat des *Blutigen Einheitsflügels*. Er musste ins Rodnyk zur Sitzung. Nichts wurde ohne ihn beschlossen.

So kam es, dass Helene, Silvania und Daka an diesem frühen Abend allein im Budnyk waren. Sie saßen um den Insektentisch im Wohnzimmer. Silvania las in einem dicken Buch. Daka hatte Kopfhörer auf und starrte auf ihre Zehenspitzen. Helene malte sich mit einem Kugelschreiber eine Spinne auf den linken Arm. Den rechten Arm hatte sie nicht gewaschen. Trotzdem war der Strichvampir etwas verblichen.

Plötzlich schoss eine Fledermaus durch das Wohnzimmer. Sie ließ einen Brief auf den Tisch fallen, flog einen Halbkreis durchs Wohnzimmer und wieder zum Fenster hinaus. Silvania, Daka und Helene starrten der Fledermaus nach. Dann starrten sie auf den Brief.

„Für Helene“, stand mit dicker schwarzer Schrift darauf.

Helene sprang auf, schnappte sich den Brief, setzte sich im Schneidersitz zurück auf den Stuhl und faltete den Brief auseinander. Sie begann zu lesen. Ihre Hände zitterten. Ihre Nasenspitze war bläulichblass.

„Ist er von Murdo?“, fragte Silvania.

„Gumox!“ Daka riss sich die Kopfhörer von den Ohren.

Helene nickte Silvania zu.

Daka stand mit einem Ruck auf, flog zur Abhängleine und hängte sich kopfüber daran. Sie verschränkte die Arme und die Füße. Hätte sie gekonnt, hätte sie auch die Ohren verschränkt.

„Und, was schreibt er?“ Silvania sah ihre Freundin erwartungsvoll an.

„Dass ich eine zensatoi futzi Sängerin und Tänzerin bin.“ Helenes Stimme zitterte vor Aufregung.

Von der Abhängleine kam ein „Pfff“.

„Und was noch?“, fragte Silvania.

„Er will mich wiedersehen.“

Das Abhängseil quietschte.

„Das ist gut“, fand Silvania. Sie kannte sich in Liebesangelegenheiten aus. Zumindest in der Theorie. „Und wann?“

„Noch heute Mitternacht.“ Helene warf einen Blick auf die Uhr. „Also in weniger als zwei Stunden.“ Helenes Ohren glühten. Sie würde Murdo sehen!

Aus Richtung Abhängseil kam ein Knurren.

„Schlägt er vor, wo ihr euch treffen sollt?“ Silvania war beinahe so aufgeregt wie Helene.

„Im Wald.“

„Wie romantisch!“ Silvania sah es sofort bildlich

vor sich. Eine Waldlichtung. Der Mond über den Baumkronen. Die funkelnden Sterne. Der warme Atem in der Kühle der Nacht.

Helene faltete den Brief zusammen und steckte ihn in die Hosentasche. Dann ließ sie sich auf dem Stuhl zurückfallen, legte eine Hand aufs Herz und stieß einen lauten Seufzer aus.

„Rast es schon?“ Silvania deutete auf Helenes Herz.

Helene schüttelte den Kopf. „Es brodelt. Ganz tief hier drin.“ Sie zeigte auf ihren Bauch.

Silvania nickte wissend. „Das ist ein eindeutiges Anzeichen.“

„Wofür?“, fragte Helene.

„Für Durchfall“, sagte Daka.

Silvania beachtete ihre Schwester nicht. „Und kribbelt es auch? In den Zehen, im Magen oder in den Fingerspitzen?“

Helene horchte einen Moment in sich hinein. Sie wackelte mit den Zehen, sie schüttelte die Hände. „In den Ohrläppchen vielleicht ein bisschen.“

„Interessant.“ Silvania legte den Zeigefinger an die Nasenspitze und musterte Helene.

„Schon mal mit Ohrenputzen probiert?“, brummte Daka.

Helene warf Daka einen verständnislosen Blick zu.

„Daka kannst du gerade nicht so für voll nehmen“, erklärte Silvania. „Sie ist … ähm … sie hat … äh … einen schlechten Tag.“

„Du meinst, eine schlechte Nacht“, sagte Helene.

„Hab ich gar nicht." Daka streckte ihrer Schwester die Zunge raus.

Silvania sah es nicht, denn sie hatte sich wieder Helene zugewandt. „Lass mich raten, du hast den ganzen letzten Tag kein Auge zubekommen."

„Stimmt. Und zu essen habe ich auch nichts runterbekommen", erwiderte Helene.

„Alles ganz klare Anzeichen", fasste Silvania zusammen. „So geht es den Protagonisten in meinen Büchern auch immer. Manchmal monatelang. Es besteht kein Zweifel. Helene, du bist verliebt!"

Helenes Ohren glühten, als hätte jemand zwei Bügeleisen daran gedrückt.

„Fumpfs!", war Dakas Kommentar dazu.

„Was heißt hier ‚Fumpfs'? Verliebtsein ist etwas total Schönes." Silvania hatte sich zu ihrer Schwester umgedreht. Daka war manchmal wie ein Erstklässler. Liebe war Fumpfs und Wasserbomben boibine.

„Kann schon sein", sagte Daka. „Aber nicht, wenn man unglücklich verliebt ist."

„Was meinst du damit?", fragte Helene.

„Du und Murdo. Das ist doch totaler Gumox." Daka verzog den Mund.

„Und wieso?", hakte Helene nach.

„Na weil Murdo … er ist … ähm … einfach nicht der richtige Typ für dich. Und du bist nicht der richtige Typ für ihn."

„Ach. Und wer bitte schön soll dann der richtige Typ für Murdo sein?" Helene sah Daka erwartungsvoll an.

„Keine Ahnung. Auf jeden Fall nicht so ein Menschenmädchen wie du."

„Na, immerhin hat er mich Menschenmädchen auf die Bühne geholt", gab Helene zurück.

„Aber nur, weil du so gut riechst nach … ähm … Mensch", erwiderte Daka.

Plötzlich zog Silvania lautstark Luft ein. Erst jetzt begriff Silvania, worauf ihre Schwester hinauswollte. Sie war gar nicht eifersüchtig, sondern hatte Angst um Helene. „Daka hat recht, Helene."

„Womit?"

Silvania sah ihre Freundin mitfühlend an. Was sie ihr jetzt sagen musste, würde nicht nett sein. „Helene, es kann sein, dass Murdo nur deine Nähe sucht, weil du ein Mensch bist. Verstehst du? Er ist ein Vampir, das darfst du nicht vergessen. Und du bist ein Mensch. Das ist ungefähr so wie …"

„Wie eine Milchkuh für den Bauern", ergänzte Daka.

„Eine Milchkuh? Ich – eine Milchkuh?" Helene sah ihre beiden Freundinnen entsetzt an.

„Nein, Daka hat nur etwas übertrieben", wandte Silvania schnell ein. „Auf jeden Fall kann es sein, dass Murdo dich gar nicht küssen will, sondern …"

„Beißen!" Daka fletschte die Zähne.

„Du darfst dich auf keinen Fall alleine mit ihm treffen!", fuhr Silvania fort. „Das ist …"

„Viel, viel, viel zu gefährlich", sagte Daka.

Silvania sah ihre Schwester irritiert an. Sie hatte ja recht, aber musste sie ihr immer ins Wort fallen? „Wenn du dich mit ihm im Wald triffst …"

„Bohrt er seine Eckzähne in deinen Hals und saugt dich blutleer.“ Daka machte ein Sauggeräusch.

Silvania drehte sich entnervt zu ihrer Schwester um. „Übertreib doch nicht so. Und schneid mir nicht ständig den Satz ab.“

„Mach ich doch gar nicht. Du machst einfach immer so lange Pausen zwischen den Wörtern. Da dachte ich, du bist schon fertig“, erwiderte Daka.

„Man macht Pausen beim Reden. Das setzt Akzente. Das sind ganz einfache Regeln der sprachlichen Gestaltung.“

„Vielleicht solltest du nicht so viel gestalten und lieber sagen, was Sache ist.“

„So wie du, oder was? Und Helene vollkommen einschüchtern?“, fragte Silvania.

„Helene lässt sich aber doch nicht so schnell einschüchtern. Stimmt's?“ Daka sah zum Insektentisch. Der Stuhl, auf dem Helene eben noch gesessen hatte, war leer. Silvania fuhr herum. „Helene?“

„Sie ist weg!“, sagte Daka.

„OH NEIN!“ Silvania raufte sich die Haare.

„Weit kann sie nicht sein“, meinte Daka.

„Wir müssen sie finden. SOFORT.“ Silvania stand auf und eilte in die Küche. Keine Helene.

Daka flog durch sämtliche oberen Etagen. Keine Helene.

Silvania flopste sich in die unteren Etagen. Keine Helene.

Die Schwestern suchten auf der Toilette. Keine Helene. Nur Giuseppe. Er hatte Helene auch nicht gesehen.

Schließlich entdeckte Daka an einem der Budnykfenster eine Strickleiter, die nach draußen führte. „Sie ist abgehauen."

Silvania starrte entsetzt auf die Strickleiter. Sie sah auf die Uhr. Und zurück auf die Strickleiter. Dann sah sie ihre Schwester mit weit aufgerissenen Augen an.

„MURDO!", riefen die Schwestern wie aus einem Mund.

„Wir müssen sie retten!", sagte Silvania. Sie sprang aus dem Fenster und warf sich in die Lüfte, wie sie es noch nie in ihrem Leben getan hatte.

Das sprechende Lexikon

Fast eine ganze Stunde waren Silvania und Daka Tepes kreuz und quer durch Bistrien geflogen. Sie hatten keine Straße und noch so kleine Gasse ausgelassen. Sie hatten in jede Sarg-Bahn gesehen, in jedes Geschäft und sogar in die Schule. Sie waren durch die Vorstadtbudnyks geflogen und durch das Stadtzentrum. Sie waren zum Plateau und zum Höhlenausgang geflogen. Nichts. Von Helene keine Spur.

„Ein Mensch in einer Vampirstadt kann doch nicht einfach so verschwinden", sagte Daka. Sie hing neben Silvania kopfüber an einer Transportleine.

„Na ja, genau das könnte schon passieren. Erinnerst du dich, wie die meisten Vampire geschnuppert und wie gierig sie geguckt haben, wenn wir mit Helene an ihnen vorbeigegangen sind?"

„Ja, schon. Aber alle hier wissen doch, dass Helene zu uns gehört. Niemand würde einer Freundin der Familie Tepes etwas antun", erwiderte Daka. Oder etwa doch?

„Ich bin mir da nicht so sicher." Silvania beobachtete einen Vampir, der sich gerade bei Dudu ein paar Kutteln gekauft hatte und sie im Fliegen mit einem Biss herunterschlang.

„Ich auch nicht", sagte Daka leise.

„Bist du dir bei Murdo jetzt auch nicht mehr sicher?“, fragte Silvania.

Daka sah ihre Schwester fragend an.

„Na, du meintest doch, du würdest sogar deine Hand für ihn ins Feuer legen, dass er Helene nichts tut.“

Daka kratzte sich am Kopf. „Eigentlich kenne ich nur seine Musik so richtig gut. Sonst weiß ich nur, dass er Murdo Dako-Apusenu heißt und aus einem kleinen Dorf am Rand von Transsilvanien kommt. In einem Artikel habe ich mal gelesen, dass er am liebsten im Hochsarg schläft und Schulmeister im Schrumpfkopfkegeln war.“

Silvania machte ein nachdenkliches Gesicht. „Das hilft uns jetzt nicht weiter“, bemerkte sie. „Wir müssen Nachforschungen über ihn anstellen. Sollte sich Helene wirklich mit ihm treffen – wonach es aussieht – müssen wir wissen, wer dieser Murdo eigentlich ist.“

In dem Moment ratterte die Abhängleine am Hotel „Vier Fleischmahlzeiten“ vorbei. Daka und Silvania sahen sich fragend an. Dann schüttelten sie gleichzeitig den Kopf. Nein, es war besser, ihren Eltern vorerst nichts von Helenes Verschwinden zu erzählen. Sie wollten ihnen nicht ihr Dinmid vermiesen. Und sie wollten nicht, dass Elvira Tepes sich in El Virus verwandelte und Mihai Tepes umgehend Vampol benachrichtigte, die internationale Polizeiorganisation der Vampire. Sie konnten ihre Eltern immer noch verständigen, wenn … nun ja, wenn es eben nötig war.

„Da vorne ist der Biblionyk“, sagte Silvania. „Leinen los!“

Im selben Moment ließen Silvania und Daka die Transportleine los und flogen zum Biblionyk.

Converso Enzyklopo hatte es sich auf seinem Stammplatz im Regal zwischen den Buchstaben B und D gemütlich gemacht. Converso Enzyklopo war einer der ältesten lebenden Vampire der Welt. Für einige alte Freunde war er „Conni“ oder „Enzo“. Für die meisten anderen Vampire und für die Besucher des Biblionyk aber war er Converso Enzyklopo – das sprechende Lexikon.

Converso war nicht nur einer der ältesten Vampire, er war auch einer der Vampire mit dem besten Gedächtnis. Das hatte ihm die Stelle im Biblionyk eingebracht. Sie war nicht besonders gut bezahlt. Dafür hatte er es ruhig, trocken und staubig. So mochte er es.

Converso Enzyklopo lag im Regal und blätterte in einem Buch. Unter seinem kahlen Kopf lag als Stütze ein Stapel Bücher. Neben seinem Oberkörper stand eine Thermoskanne mit lauwarmem Frischblut. Er hatte das Buch schon 120 Mal gelesen. Leider erinnerte er sich immer an den Ausgang. Selbst, wenn er ein Buch nur einmal gelesen hatte.

„Herr Enzyklopo?“, erklang auf einmal eine Mädchenstimme.

Converso Enzyklopo richtete sich auf. Er erkannte das Mädchen sofort. Silvania Tepes. Tochter von Elvira und Mihai Tepes. Halbvampir. Zwölf Jahre alt. Spielt Cello. Vor ein paar Wochen nach Deutschland gezogen.

„Wir müssen etwas bei Ihnen nachschlagen“, sagte ein anderes Mädchen.

Ein Blick genügte, Converso Enzyklopo wusste Bescheid. Dakaria Tepes. Zwillingsschwester von Silvania. Sieben Minuten jünger. Besitzt Blutegel namens Karlheinz. Spielt Schlagzeug.

Converso Enzyklopo kannte die Zwillinge, seit sie zur Schule gingen. Mehrmals hatten sie ihn im Biblionyk aufgesucht und mit seiner Hilfe Geschichtshausaufgaben gemacht.

„Und zwar rapedadi“, fügte Daka hinzu.

„Ich weiß, ich weiß. Heutzutage muss alles immer rapedadi gehen.“ Herr Enzyklopo strich sich über die Glatze und dann über das Jackett. „Das ist überhaupt kein Problem. Ich bin zwar so alt wie die Welt, aber nicht langsam. Also, was darf ich für euch in meinem Gehirn nachschlagen?“

„Murdo Dako-Apusenu“, sagte Daka.

„Wir müssen alles über ihn wissen. Was er gerne isst, welche Hobbys er hat, wie er in der Schule ist, wer seine Eltern sind, ob er Geschwister hat, aus welchem Dorf er kommt – eben einfach alles“, erklärte Silvania.

„Und ob er eine Freundin hat. Oder Freunde“, fügte Daka schnell hinzu.

Silvania stutzte kurz und musterte ihre Schwester einen Moment.

Converso Enzyklopo nickte. „Murdo Dako-Apusenu.“ Sofort fing sein Gehirn zu arbeiten an. Wie eine Suchmaschine im Internet durchforstete Herr Enzyklopo seine Erinnerungen. Sie reichten zurück in eine Zeit, als die Menschen noch in Höhlen lebten und die Vampire noch in Nestern. Auf einmal stockte Converso Enzyklopo.

„Und?“, fragte Daka.

„Aber – Murdo Dako-Apusenu ist ja ein lebender Vampir!“, rief Herr Enzyklopo.

„Natürlich. Das ist ja das Problem“, sagte Silvania.

Converso Enzyklopo schüttelte langsam den Kopf. „Habt ihr denn noch nichts vom neuen Datenschirmgesetz gehört? Es wurde erst vor ein paar Tagen im Rodnyk beschlossen. Der gläserne Vampir soll verhindert werden. Deswegen darf der Biblionyk keine vertraulichen Informationen über lebende Vampire herausgeben.“

„Was ist das denn für ein Gumox?“ Daka sah Herrn Enzyklopo fassungslos an.

„Aber ... aber wir MÜSSEN etwas über Murdo herausfinden“, sagte Silvania. Sie warf Converso Enzyklopo einen flehenden Blick zu. „Bitte! Es geht um Leben und Tod!“

„Um *euer* Leben?“, fragte Herr Enzyklopo.

„Nein. Aber um das unserer besten Freundin“, sagte Silvania.

„Und unserer einzigen“, fügte Daka hinzu.

Converso Enzyklopo wurde hellhörig. Er liebte gute Geschichten. Da er schon alle guten Geschichten kannte, dürstete ihm nach neuen guten Geschichten. Das hier klang nach einer guten Geschichte. Nach einer sehr guten. „Jetzt erzählt doch erst mal in Ruhe, was passiert ist."

Silvania seufzte. „Wir haben keine Zeit. In ein paar Minuten ist Mitternacht."

„Und dann trifft sich Helene mit Murdo", ergänzte Daka.

„Na schön, dann erzählt mir eben alles ganz schnell", sagte Converso Enzyklopo. Diese Geschichte klang wie eine riesengroße Schokoladentorte. Am liebsten hätte sich Converso Enzyklopo die Torte genüsslich und in aller Ruhe auf der Zunge zergehen lassen. So musste er sie eben herunterschlingen. Immer noch besser als gar keine Schokotorte.

Daka und Silvania sahen sich an. Dann zuckten sie mit den Schultern und begannen zu erzählen. Sie redeten schnell, durcheinander und laut. Sie redeten mit den Händen, den Füßen und den Ohren. In weniger als einer Minute hatten sie Herrn Enzyklopo ins Bild gesetzt.

Converso Enzyklopo fuhr sich mit beiden Händen über die Glatze. Das war wirklich eine gute Geschichte. Ein Menschenmädchen unter lauter Vampiren. Verliebt in einen Vampir. Allein im Wald mit ihm. Verfolgt von zwei Halbvampiren.

„Sagen Sie uns jetzt, mit wem wir es bei Murdo Dako-Apusenu zu tun haben?" Silvania blinzelte Herrn Enzyklopo an. Sie lächelte beschwörend.

Converso Enzyklopo blickte zwischen den Schwestern hin und her. Er mochte diese beiden Mädchen. Sie hatten sein Leben um eine gute Geschichte bereichert. Außerdem waren sie die Töchter von Mihai Tepes. Der wiederum war der Sohn von Sango Tepes. Der war der Sohn von Inalta Tepes. Inalta Tepes, geborene Bradet, war die Schwester von Crudo Bradet. Und mit dem hatte Converso Enzyklopo jahrhundertelang in einer Höhlenhockeymannschaft gespielt. Sie hatten meistens gewonnen.

Converso Enzyklopo beschloss, das Datenschirmgesetz etwas lockerer auszulegen. „Na schön. Ein paar Informationen kann ich euch geben."

Silvania atmete auf. Daka spitzte die Ohren.

„Murdo Dako-Apusenu stammt aus dem südlichen Transsilvanien, genau genommen aus den Südkarpaten. Er hat fünfzehn Geschwister. Aber das dürfte euch nicht weiter interessieren. Was für euch interessant ist, ist Folgendes …" Converso Enzyklopo hielt inne und musterte die Zwillinge.

„Ja?", fragte Daka.

Silvania nickte dem sprechenden Lexikon zu.

„Es ist leider keine gute Nachricht", sagte Converso Enzyklopo.

„Murdo hat schon eine Freundin?", fragte Daka. Sie hatte die Augen weit aufgerissen.

Herr Enzyklopo sah sie verwirrt an. Dann schüttelte er den Kopf.

„Murdos Lieblingsgetränk ist frisches Menschenmädchenblut?", fragte Silvania leise.

Herr Enzyklopo beugte sich vor und flüsterte den Mädchen zu: „Ich kann die Familiengeschichte der Dako-Apusenus bis zur Urzeit zurückverfolgen. Murdo Dako-Apusenu stammt aus einer äußerst blutrünstigen Vampirfamilie. Seine Vorfahren gehörten der Abspaltung der Transgiganten an. Ihr wisst doch hoffentlich, was das bedeutet?"

Daka und Silvania sahen Herrn Enzyklopo mit offenem Mund an. Dann nickten sie langsam.

Herr Enzyklopo nickte ebenfalls. „Ich glaube, ihr solltet euch beeilen."

Kaum hatte er das gesagt, rappelten die Mädchen sich auf. Sie riefen Herrn Enzyklopo „Datiboi" zu, flopsten sich zum Ausgang des Biblionyks und waren verschwunden.

Converso Enzyklopo legte sich zurück ins Regal. Zum ersten Mal war er sich nicht sicher, ob er den Ausgang der Geschichte hören wollte. Es konnte eine sehr unschöne Angelegenheit werden.

Eifersucht

Bogdan! Ich gehe jetzt zum Friseur. Willst du wirklich nicht mitkommen, mein Molchi?“

„Nein, Mama“, rief Bogdan zurück. „Viel Spaß!“ Bogdan hasste Friseure. Und alle Friseure hassten Bogdans Haare. Sie hatten einen Wirbel, den sie nicht zähmen konnten. Manchmal begleitete Bogdan seine Mutter trotzdem zum Friseur. Denn dann war sie sehr glücklich. Aber heute hatte Bogdan etwas Wichtiges zu tun. Er hatte sich aus dem Biblionyk ein Video ausgeliehen: *Tanzen lernen. Schritt für Schritt.*

Er versuchte die Schritte der beiden Tänzer im Video nachzumachen. Links – tapp. Rechts – tapp. In die Knie. Wackeln. Und wieder links – tapp. Rechts – tapp. Jetzt kam die Drehung. Bogdan holte Schwung. Er stellte sich auf eine Zehenspitze. Er torkelte durchs Zimmer. Bis vors Fenster. In letzter Sekunde hielt er sich am Fenstersims fest. „Uff!“, stöhnte er.

Im nächsten Moment riss Bogdan die Augen auf. „Silvania! Daka!“, rief er, so laut er konnte. Die Zwillinge flogen gerade an Bogdans Budnyk vorbei. Sie flogen sehr schnell. Sogar Silvania. Das tat sie sonst nie freiwillig. Bogdan erkannte auf die Entfernung, dass Silvania rote Ringe um die Augen hatte. Sie war nervös. Warum?

„Bogdan!“ Silvania zögerte, dann flog sie gefolgt von Daka zum Fenster.

Bogdan schaltete schnell das Video aus. „Was ist los? Wieso habt ihr es so eilig?“

Silvania ließ sich auf den Fenstersims fallen. Sie atmete schwer. „Helene“, stieß sie hervor.

Daka hängte sich kopfüber an einen Vorsprung an der Außenwand des Budnyks. Sie war kaum außer Atem. Schnell erzählte sie Bogdan von Helenes und Murdos Verabredung im Wald und was sie eben im Biblionyk herausgefunden hatten.

„Das ist nicht gut“, stellte Bogdan fest. Er begriff schnell.

Silvania nickte. „Helene schwebt in allerhöchster Gefahr.“

„Murdo wird sie beißen und aussaugen“, sagte Daka.

„Was sollen wir dann Dr. Steinbrück sagen?“ Silvania schniefte. „Dass er nach Transsilvanien reisen muss, wenn er seine Tochter wiedersehen will?“

„Und dass sie entweder tot oder ein blutrünstiger Vampir geworden ist“, ergänzte Bogdan. Er hatte eine sehr ausgeprägte und logische Schlussfolgerungsgabe.

„Und wir sind daran schuld! Wir haben sie einfach in ihr Unglück laufen lassen. Wir haben sie nicht aufgehalten. Jetzt ist sie verschwunden.“ Silvania schluchzte.

Von der Außenwand des Budnyks kam ein Knurren. „Ein bisschen ist Helene auch selbst schuld“, murmelte Daka leise.

„Wie bitte?“ Silvania sah ihre Schwester entsetzt an.

„Na ja. Wenn sie sich in einen Vampir verliebt, geschieht es ihr doch nur recht, wenn sie gebissen wird.“ Daka zuckte mit den Schultern und stülpte die Lippen nach außen.

„Dakaria Tepes!“, rief Silvania. „Hat dir eine Fledermaus ins Gehirn gekackt?“

Jetzt sah Bogdan Silvania entsetzt an. So hatte er sie noch nie reden gehört.

„Na, stimmt doch aber.“ Daka verschränkte die Arme. „Wenn Helene echt glaubt, dass sich Murdo Dako-Apusenu, ein Transgigantus und Sänger von *Krypton Krax*, in sie, ein Menschenmädchen, das noch nicht einmal besonders hoch hüpfen kann, verliebt, dann ist das doch einfach ... das ist ... totaler Fumpfs!“

„Soll das heißen, du willst nicht weiter nach Helene suchen? Soll das heißen, du willst sie im Stich lassen?“ Silvanias Augen funkelten dunkelgrün.

Daka zuckte mit den Schultern. Dann sah sie in die andere Richtung. Der Blick ihrer Schwester pikste unangenehm.

Bogdan sah zwischen den Schwestern hin und her. Er räusperte sich. „Also, ich kenne mich da ja nicht so aus. Aber ich habe eine Vermutung. Kann es sein, Daka, dass du eifersüchtig bist?“ Bogdan war auch sehr gut im Spekulieren.

Daka machte „Pfff!“

Silvania warf Bogdan einen dankbaren Blick zu.

Es war also doch so, wie sie von Anfang an gedacht hatte. „Siehst du, Daka, sogar Bogdan hat es gemerkt. Also hör endlich auf, es abzustreiten."

„Meine Mutter sagt immer, wer nicht zu seinen Gefühlen steht, ist ein Sargscheißer", sagte Bogdan.

„Ich steh zu meinen Gefühlen." Daka stemmte die Hände in die Hüften.

„Du gibst also zu, dass du in Murdo verknallt bist?", fragte Silvania.

Daka spitzte die Lippen. „Ein bisschen. Aber nur, weil er so unterirdisch gute Musik macht."

„Gibst du auch zu, dass du auf Helene eifersüchtig bist?", fragte Silvania.

„Hm." Daka verzog den Mund. „Na ja, irgendwie schon ein wenig. Kann sein. Aber nur, weil ich Murdo schon viel länger kenne und ein viel größerer Fan von *Krypton Krax* bin. Es ist einfach unfair."

Silvania sah ihre Schwester mitfühlend an. Schließlich reichte sie ihr die Hand und zog sie auf den Fenstersims. Dann strich sie Daka über den Rücken. „Unfair ist, wenn du Helene jetzt hängen lässt. Nur, weil du eifersüchtig bist. Willst du denn wirklich, dass Murdo Helene beißt und dann aussaugt?", fragte Silvania.

„Dann hast du eine Freundin weniger", stellte Bogdan klar.

„Und du hattest nur eine", erinnerte Silvania ihre Schwester.

Daka holte tief Luft.

„Wenn man mal eine richtig gute Freundin gefunden hat, muss man auf sie aufpassen", sagte Bogdan. Er warf einen Seitenblick auf Silvania.

„Du hast versprochen, immer in Helenes Nähe zu bleiben. Schon vergessen?" Silvania sah ihre Schwester herausfordernd an.

Daka starrte in die Luft. Ihre Schwester hatte recht. Mal wieder. Würde sich das jemals ändern? Natürlich wollte Daka Helene retten. Sie waren allerbeste Freundinnen. Und wenn es nach Daka ging, sollten sie es für immer bleiben. Sie nickte langsam.

In dem Moment wanderte der große Zeiger der Uhr am Rodnyk auf die Zwölf. Es schlug Mitternacht.

Silvania, Bogdan und Daka schreckten auf. Zwei Sekunden später hatten sie sich in die Luft erhoben und flogen zum Plateau und auf den Höhlenausgang zu. So schnell, dass der Fluglehrer Herr Avion, der gerade aus dem Budnyk sah, sich die drei Flieger für seine Sprintflugmannschaft vormerkte.

Vor dem Eingang zur unterirdischen Stadt hielten Silvania, Daka und Bogdan inne. Die Nacht hatte sich über den Wald gelegt wie ein schwarzer Mantel. Die Luft war kühl. Es roch nach Herbst, Mensch und Stachelschwein.

„Wir teilen uns auf", sagte Bogdan. Er war bei den Flugroutenfindern. Erst vergangene Woche hatte er das Manöver „Eichhörnchen" im Wald erfolgreich absolviert. „Jeder übernimmt eine Luftschicht."

„Ich übernehme die oberste", sagte Daka sofort. Von allen dreien flog sie am besten.

„Gut. Dann übernehme ich die mittlere und du, Silvania, die unterste. Einverstanden?“, fragte Bogdan.

Silvania, Daka und Bogdan nickten einander zu. Dann hoben sie vom Waldboden ab und stürzten sich mit ausgebreiteten Armen in die Dunkelheit. Würden sie Helene noch rechtzeitig finden?

Auf den Fersen

Ein Ast knackte unter seinen neuen Outdoorschuhen. Augenblicklich blieb Dirk van Kombast stehen. Er machte sich so klein, wie es mit seinen 1,93 m möglich war. Dann spähte er vorsichtig hinter einem Baum hervor. Sie hatten ihn nicht bemerkt. Dirk van Kombast atmete auf.

Vor ungefähr zehn Minuten hatte Dirk van Kombast sein Zelt fluchtartig verlassen. Denn vor ungefähr zehn Minuten war Helene Steinbrück am Höhleneingang aufgetaucht. Sie war zielstrebig in den Wald gelaufen. Dirk van Kombast hatte geistesgegenwärtig in letzter Sekunde nach seiner Garlic Gun gegriffen und war ihr gefolgt. Wie wichtig es war, die Knoblauchpistole mitzunehmen, zeigte sich schon wenige Minuten später. Helene lief zur Waldlichtung, auf der vergangene Nacht die Nationalfeier stattgefunden hatte. Dort wurde sie bereits erwartet. Nicht von ihren beiden Freundinnen. Auch nicht von Mihai und Elvira Tepes. Auf Helene wartete ein Vampir.

Dirk van Kombast vergaß selten ein Gesicht. Als Pharmavertreter war sein Blick geschult. Er erkannte den Vampir sofort: Es war der Sänger dieser ohrschmerzerzeugenden Band. Dirk van Kombast hatte gesehen, wie der Sänger Helene auf die Bühne geflogen und sie danach durch die Luft gewirbelt hatte. Als wäre sie ein Jojo. Die Kräfte dieses Vampirs mussten gewaltig sein. Dabei war er höchstens fünfzehn oder sechzehn.

Was hatte dieser singende Vampir mit Helene Steinbrück vor? Ihr die Sterne zeigen? Wohl kaum. Wie hatte er es geschafft, sie mitten in der Nacht in den Wald zu locken? Gut möglich, dass er sie hypnotisiert hatte. Wo waren Helenes Freundinnen? Wollten sie Helene diesem Vampir opfern? War das der eigentliche Grund, warum sie Helene Steinbrück mit nach Transsilvanien genommen hatten? Dirk van Kombast war sich nicht ganz sicher. Aber grundsätzlich traute er Vampiren und Halbvampiren alles zu.

Zum Glück war er zur Stelle. Die Augen hellwach, der Verstand scharfsinnig, den Finger am Abzug. Auch wenn er Helene Steinbrück nur vom Sehen kannte. Auch wenn sie mit zwei Halbvampiren befreundet war. Sie war dennoch ein Mensch. Dirk van Kombast fühlte sich allein aus dem Grund mit ihr verbunden. Er würde Helene und den Vampir nicht aus den Augen lassen.

Nachdem er den beiden ein paar Meter gefolgt war, stellte er fest, dass das nicht einfach werden würde. Denn Helene und der Vampir verschwanden in einem kleinen schwarzen Loch. Vermutlich der Eingang zu einer Höhle.

Dirk van Kombast zögerte. Sollte er den beiden folgen? Er hatte Zweifel, ob er überhaupt durch das Loch passen würde. Womöglich würde er im Höhleneingang feststecken wie ein Hotdog-Würstchen in einem Brötchen. Er konnte nicht vor und nicht zurück. Dann war er dem Vampir ausgeliefert. Er konnte ungehindert zubeißen. Dirk van Kombast fuhr sich über den Hals. Er beschloss, vor dem Loch zu warten. Er würde lauschen. Vielleicht würde er auch einmal den Kopf ins Loch stecken. Nur ganz kurz.

Suche mit Schichtsystem

Daka hatte die Kapuze ihres warmen schwarzen Kängurushirts aufgesetzt und festgebunden. Es fühlte sich an, als hätte sie einen Helm auf. Der wäre nicht schlecht gewesen. Daka schoss mit einer Durchschnittsgeschwindigkeit von 50 Kilometer pro Stunde durch den Wald. Sie flog auf Höhe der Baumkronen. Wie eine Skifahrerin schoss sie im Slalom um die Bäume herum. Manchmal nahm sie ein Blatt mit. Manchmal einen Ast. Einmal sogar ein Eichhörnchen.

Daka wollte auf keinen Fall an Murdo und Helene vorbeifliegen. Sie hatte die Augen weit aufgerissen und war hoch konzentriert. Das war nicht einfach. Denn etwas zwickte sie im rechten Zeh. Es war kein Krümel Heimaterde, den sie zwischen den Zehen aufbewahrte. Es waren auch nicht ihre dicken, löcherigen Socken. In ihrem rechten Zeh zwickte Daka ein Schuldgefühl. Sie hatte keine Ahnung, wie es dorthin gekommen war. Aber nun war es eben da. Und es zwickte. Wäre Daka vorhin nicht so albern eifersüchtig gewesen, hätte sie nicht so lange gezögert und sich erst von Silvania und Bogdan überreden lassen müssen, hätten sie Helene bestimmt schon längst gefunden. Doch jetzt war es schon Viertel nach Mitternacht. Von Helene und Murdo gab es keine Spur.

Ungefähr zehn Meter unterhalb von Daka flog Bogdan. Sein Mittelscheitel war vom Flugwind zersaust. Seine haselnussbraunen Augen tränten. Vom Wind. Nicht, weil sie Helene noch nicht gefunden hatten. Obwohl das ein guter Grund zum Weinen gewesen wäre. Ab und zu schielte Bogdan nach unten auf Silvania.

Silvania flog dicht über dem Erdboden. Es war gar nicht so einfach, den Wald nach Helene und Murdo abzusuchen und gleichzeitig auf die Baumstämme zu achten, die rasant entgegenkamen. Außerdem hatte Silvania zusätzliches Fluggewicht. Es war kein Handgepäck, sondern Fußgepäck. In ihren Schuhspitzen, die wie Schlittenkufen nach oben gebogen waren, hatten sich jede Menge Blätter, Äste und Gräser verfangen. Silvania versuchte, das Fußgepäck abzuschütteln. „Fumpfs!“, schimpfte sie. Sie sah auf ihre Füße, wackelte mit den Fußspitzen und rief: „Znicnak!“

Die Blätter, Äste und Gräser ließen sich davon nicht beeindrucken. Vielleicht verstanden sie auch kein Vampwanisch.

Silvania sah wieder nach vorne und – „AAAaaahhhHHHAAAaaahhhHHHAAAaaahhhHHHAAAaaahhhHHH!“, schrie sie.

Das Letzte, was sie sah, war eine Art Zelt, das vollkommen von Zweigen, Ästen, Moos und Laub bedeckt war. Dann wurde es stockdunkel.

WUSCH!

Silvania raste mit 30 Kilometer pro Stunde in das Zelt.

KNAUTSCH!

Silvania stieß an die hintere Zeltwand.

SCHNIPP! SCHNAPP! SCHNUPP! SCHNEPP!

Die Zeltschnüre rissen.

ROMMS!

Silvania flog mitsamt dem Zelt weiter. Sie sah aus wie ein Karnevalsbesucher, der sich als Waldgespenst verkleidet hatte. Oder als fliegendes Zelt. Was sehr originell wäre.

Sie eierte nach rechts. „POOOMPFE!" (Das hieß „Hilfe"!)

Sie eierte nach links. Zwei Zentimeter an einem Busch vorbei.

Sie eierte nach oben. Beinahe spießte sie Bogdan mit einer Zeltstange auf.

Sie eierte nach unten. Und verfehlte knapp einen Baumstumpf.

Sie eierte geradeaus. Direkt auf einen Baumstamm zu. Hätte Silvania den Baumstamm gesehen, hätte sie noch bremsen können. Oder ausweichen. Doch alles, was Silvania sah, war Zelt. Sie knallte vor den Baumstamm. „AIJ!" (Das hieß „Autsch".)

Bogdan war als Erster zur Stelle. Er pellte Silvania aus dem Zelt. Sie lag stöhnend vor dem Baumstamm. Dann setzte er sich neben sie ins Laub, legte einen Arm um sie und spuckte ihr dreimal mit so viel Speichel, wie er nur aufbringen konnte, auf den Kopf. Genau auf die Stelle, mit der Silvania an den Baumstamm gestoßen war.

Daka kam aus den Baumkronen hinabgestürzt. Sie hockte sich neben ihre Schwester und tätschelte ihre Hand. Dann machte sie Kaubewegungen, um Speichel im Mund anzusammeln. Sie wollte gerade kräftig auf Silvanias Beule spucken, als ihre Schwester abwinkte.

„Datiboi, Daka. Bogdan hat mich schon bespuckt. Das reicht für drei Beulen.“

Bogdan lächelte Silvania zu. Er freute sich, dass er Silvania so gut Erste Hilfe geleistet hatte. Unter Vampiren war es ein alter Brauch, bei Schmerzen schnell auf die betroffene Stelle zu spucken. Die heilende Wirkung war bis jetzt medizinisch noch nicht nachgewiesen. Auf jeden Fall lenkte es vom Schmerz ab.

Enttäuscht schluckte Daka den Speichel herunter. „Hast du dir auch nichts gebrochen oder so?“

Silvania hob den linken Arm. Den rechten Arm. Das linke Bein und das rechte Bein. Dann wackelte sie mit dem Popo und rollte die Hüften. „Nein. Alles in Ordnung. Mir ist nur ein bisschen schwindlig. Es roch so seltsam im Zelt.“

„Nach Luftmatratze?“, fragte Daka.

„Oder Imprägnierspray?“, fragte Bogdan.

Silvania schüttelte langsam den Kopf. „Es war eine ganz komische Mischung aus Knoblauch, alten Putzlappen, Stachelschwein und ... und noch einem Geruch, den ich von irgendwoher kenne.“ Silvania wackelte mit den Nasenflügeln. Doch ihr fiel nicht ein, woher sie den Geruch kannte. Es hatte irgendetwas mit Deutschland zu tun. Vielleicht war es ein Geruch, den sie aus der Schule kannte? Oder aus der Reihenhaussiedlung? Sie wusste es nicht.

„Was machen wir mit dem Zelt?“, fragte Bogdan.

„Wir haben jetzt keine Zeit, es wieder aufzubauen“, meinte Daka. „Wir müssen Helene finden.“

„Daka hat recht“, sagte Silvania. „Ich weiß, was wir machen.“

Silvania, Daka und Bogdan schafften das Zelt schnell zurück zu der Stelle, wo es gestanden hatte. Silvania holte einen Block und einen Kugelschreiber aus der Zeltinnentasche und schrieb: *Entschuldigung. Wir haben das Zelt umgeflogen. Haben leider keine Zeit zum Aufbauen. Sollte was kaputt sein, bitte wenden an: Vlad Tepes, Bistrien, Budnyk gurond 352. Azdio! PS: Sie müssten mal lüften.*

Silvania steckte den Zettel auf die Zeltstange. Dann hob sie mit Daka und Bogdan sofort wieder vom Erdboden ab. Sie hatten keine Zeit zu verlieren. Sie hatten eine Freundin zu retten.

Ohrenkuscheln

Schweigend verließen sie die geheime Grotte. Murdo half Helene beim Hinausklettern aus dem engen Loch. Er hielt ihr seine blasse, kalte Hand entgegen. Helene griff danach. Seine langen Finger schlossen sich um ihre Hand wie die Tentakel eines Tintenfischs. Dann gingen sie durch den Wald. Hand in Hand.

Helene fröstelte vor Kälte, Wonne und Anspannung. Murdo redete nicht viel. Doch seit Helene am Treffpunkt im Wald erschienen war, verschlang er sie mit den orangefarbenen Augen.

„Hat es dir gefallen?“, fragte Murdo. Seine Stimme war ruhig und klang, als käme sie aus den Tiefen der Erde.

Helene nickte. „Ich habe noch nie etwas so Schönes gesehen.“ Murdo hatte Helene in eine Grotte geführt. Es war eine geheime Grotte. Murdo hatte sie entdeckt. Dort hatte er Helene glitzernde Gesteine, Wassermolche und Flohkrebse gezeigt. Helene hatte sich in der Grotte fast so wohlgefühlt wie auf einem Friedhof.

Helene lächelte Murdo an.

Murdo sah ernst zurück. Er hielt ihre Hand fest umschlungen. Im bläulichen Mondlicht wirkte seine Haut noch blasser. Auf seiner Stirn war ein Äderchen zu erkennen. Seine Lippen waren schmal und dunkellila. Deutlich hoben sich die spitzen Eckzähne von ihnen ab. Murdos Kieferknochen waren kräftig, die Wangen leicht nach innen gewölbt. Seine Augen lagen tief in den Höhlen. Seine Wimpern waren dicht und schwarz. Ebenso die Augenbrauen.

Murdo war mindestens einen Kopf größer als Helene. Er war schlank und seine Arme waren überproportional lang. Seine Füße überproportional groß.

Helene fand, Murdo sah unwiderstehlich gut aus. Und er war verwegen. Und romantisch. Und gefährlich. Murdo war perfekt. Helene war froh, dass sie ihr Hörgerät noch schnell vor dem Treffen herausgenommen und in die Hosentasche gesteckt hatte. Sie wollte auch perfekt sein. Perfekt für Murdo.

Aus den Augenwinkeln sah sie, wie Murdo sich verstohlen etwas Speichel aus dem Mundwinkel wischte. Sabberte er? Helene war bei ihrem Besuch in Bistrien schon aufgefallen, dass viele Vampire das taten. Wahrscheinlich produzierten sie einfach mehr Speichel als Menschen. Oder aber …

Helene musste an die Warnung ihrer besten Freundinnen denken. Und an Ludos Vorhersage: „Ohne Freundinnen bist du zwar nicht allein, aber in einer Gefahr, die du nicht erkennst.“ War sie mit Murdo in Gefahr? War sie eine Milchkuh?

Helenes Blick streifte Murdo von oben bis unten. Vielleicht wollte er tatsächlich nur ihr Blut. Natürlich hätte Helene lieber einen Knutschfleck von ihm bekommen als einen Biss. Aber was sollte sie tun, wenn er versuchen würde, sie zu beißen? Sich wehren? Es einfach geschehen lassen? Er würde sie beißen. Sie aussaugen. Und dann würde Helene ein Vampir sein. Eine Untote. Ein fliegendes Wesen der Nacht. Sie würde sein wie Murdo. Sie würde zu ihm gehören. Für alle Ewigkeit.

Aber vielleicht würde der Biss wehtun. Sehr wahrscheinlich sogar. Außerdem war das heute ihre erste Verabredung. Helene würde Murdo gerne etwas kennenlernen, bevor sie bis in alle Ewigkeit mit ihm zusammen war.

„Setzen wir uns?“, riss Murdo Helene aus den Gedanken.

„Du willst dich mit mir fetzen?“ Helene sah Murdo erstaunt an.

Murdo blickte ebenso erstaunt zurück. „Setzen. Dort drüben.“ Murdo zeigte auf einen Baum, der umgefallen war und der Länge nach auf dem Waldboden lag.

„Oh. Setzen. Klar doch.“ Helene kribbelte es bis in die Haarwurzeln. Wie peinlich. Vielleicht hätte sie das Hörgerät doch drinlassen sollen. Jetzt war es zu spät.

Murdo setzte sich auf den Baumstamm. Helene setzte sich dicht neben ihn. Mit viel Glück hätte ein Eichhörnchen noch zwischen sie gepasst. Es musste aber ein schlankes Eichhörnchen sein.

Murdo hielt Helenes Hand noch immer umschlungen. Er hob sie hoch und führte sie vor seine Augen. Er musterte Helenes Handrücken. „Du hast zarte Hände.“

„Echt?“ Das hatte Helene noch nie jemand gesagt.

Bis jetzt war es ihr auch noch nicht aufgefallen. Sie hatte ganz normale Hände. Mit jeweils fünf Fingern dran. „Ähm ... Danke."

Murdo drehte Helenes Hand um und betrachtete ihr Handgelenk. Er zog die dunklen Augenbrauen hoch. „Und schöne Adern."

Helene schielte verängstigt zu Murdo. „Aha."

Murdo betrachtete Helene einen Moment nachdenklich. Er blinzelte nicht. Er schien noch nicht einmal zu atmen.

Helene hatte das Gefühl, der Baumstamm unter ihr löste sich gerade in Sägespäne auf. Wenn Murdo sie noch länger so ansah, verlor sie jeglichen Halt.

„Du hast ziemlich kleine Ohrmuscheln", sagte Murdo leise.

Helene warf Murdo einen verschämten Blick zu. Er wollte, dass sie sich nicht zierte und mit seinen Ohren kuschelte? Andererseits ... warum nicht? Helene rutschte noch weiter an Murdo heran. Sie reckte ihren Kopf. Dann rieb sie ihr Ohr an seinem. Vielleicht war das unter Vampiren ein Zeichen der innigen Zuneigung. Es fühlte sich sehr gut an, fand Helene.

Murdo saß stocksteif da. Er schielte zu Helene. Sie hatte die Augen geschlossen und rieb ihr Ohr an seinem. Vielleicht machte man das unter Menschen so, wenn man nachts im Wald saß. Murdo fand, es kitzelte ein wenig. Am besten, er tat so, als wäre es ganz normal, dass ein Mädchen sein Ohr an seinem rieb. Er räusperte sich. „Wie lange bleibst du eigentlich in Bistrien?"

Helene verharrte Ohr an Ohr mit Murdo. Sie atmete tief ein. Murdo roch nach Grotte, Bühnennebel und Mettwurst. „Nicht lange genug."

Murdo hatte einen Arm hinter Helene auf den Baumstamm gestützt. Langsam schlang er ihn jetzt um ihren Rücken. „Bleib einfach hier", flüsterte er und zupfte sich verlegen am Ohrläppchen.

Helene zögerte. Kneif einfach hier? Meinte Murdo das ernst? Sie sollte ihn kneifen? Einfach so, ins Ohrläppchen? Na schön. Wenn er das mochte. Helene beugte sich vor und kniff Murdo ins Ohrläppchen. Es war eiskalt. Aber ganz weich.

Murdo sah Helene mit großen Augen an und flüsterte: „Du bist wirklich einzigartig."

Helene runzelte die Stirn. Doch dann entspannten sich ihre Gesichtszüge. Vermutlich war das unter Vampiren das totale Kompliment. „Danke. Du bist auch ranzig und abartig", erwiderte sie.

Murdos Augen verengten sich zu Schlitzen.

Dieser Blick war neu. Er machte Helene nervös. Hatte sie etwas Falsches gesagt? Sie lächelte kurz und warf ihre Haare über die Schulter. „Alles in Ordnung?"

Jetzt hatte Murdo die Augen auf einmal weit aufgerissen. Er starrte auf Helenes entblößten Hals. „Alles bestens", raunte er. Dann beugte er sich über Helene.

Helene wagte es nicht, sich zu rühren. Murdos Gesicht war nur wenige Zentimeter von ihrem entfernt. Sie spürte seinen Atem. Er war kalt und gehetzt.

Murdo schloss die Augen. Er wanderte mit seiner Nase an Helenes Stirn, Nase, Mund und Kinn entlang. Dabei ließ er nur einen hauchdünnen Abstand. Murdo atmete tief ein.

Helene hatte das Gefühl, Murdo wollte sie in sich aufsaugen.

Plötzlich öffnete er die Augen. Sie loderten mehr als jemals zuvor. „Willst du bei mir bleiben?"

Helene wusste nicht genau, was Murdo sie gefragt hatte. Er hatte so leise gesprochen. Und außerdem war sie gerade nicht ganz bei der Sache. Sie war dabei, im Anblick von Murdos orangefarbenen Augen zu versinken wie im Anblick der Abendsonne. Sie nickte mechanisch.

„Bestimmt?"

Es stinkt? Und wenn schon!, dachte Helene. Sie nickte abermals.

Murdos Blick wanderte zu Helenes Hals. Er war glatt, weich und unbefleckt. Noch. Murdo fuhr sich mit der Zunge über die Eckzähne. Einen Moment hielt er inne. Er wollte die Vorfreude auskosten. Dann riss er Helene mit einem Ruck nach hinten, warf seinen Oberkörper erst zurück und mit Schwung wieder nach vorne. Sein Kopf senkte sich mit weit aufgerissenem Mund über Helenes Hals.

Halb verzweifelte Halbvampire

Sie saßen auf einem großen Stein und hatten die Köpfe in die Hände gestützt. Daka starrte finster vor sich hin. Silvanias Augen waren wässrig. Bogdan kaute verzweifelt auf seiner Unterlippe.

„Helene ist nicht mehr da. Znicnak. Einfach znicnak." Daka raufte sich die Haare.

Die drei Freunde hatten überall im Wald nach Helene gesucht. In den Baumkronen, in den Büschen, auf dem Waldboden. Hinter jedem Stein, hinter jedem Baumstamm, hinter jedem Hügel. Vergebens. Helene war wie vom Vampir verschluckt.

„Wir haben sie verloren. Für immer!" Silvania schluchzte.

„Es war so eine schöne Freundschaft." Daka wischte sich mit den Fingern über die Augenwinkel.

„Leider eine sehr kurze", ergänzte Bogdan.

Die Schwestern nickten sich traurig zu, dann schlangen sie die Arme umeinander und schluchzten.

Bogdan fuhr sich mit den Händen über die Oberschenkel. Seine Hände waren ganz feucht. Bogdan war nervös. Nicht nur wegen Helene. Er war immer nervös, wenn Mädchen weinten. Er wusste nicht, was er dann machen sollte. Sollte er sie einfach weinen lassen und abwarten? Sollte er so tun, als würde er es gar nicht bemerken? Oder sollte er mitweinen? Schließlich tat er das, was seine Mutter immer mit seinem kleinen Bruder tat, wenn er mal wieder vor einen Budnyk geflogen war. Bogdan legte den linken Arm vorsichtig um Daka. Den rechten legte er vorsichtig um Silvania. Dann klopfte er den Mädchen behutsam auf den Rücken und machte: „Sch-sch-sch."

Daka schluchzte daraufhin noch lauter.

Silvania wischte sich die Tränen aus den Augen und sah Bogdan erstaunt an.

„Sch-sch-sch", machte Bogdan.

„Das ist alles meine Schuld", stieß Daka zwischen zwei Schluchzern hervor.

„Gumox!", sagte Silvania.

„Sch-sch-sch", sagte Bogdan.

„Wer ist denn sonst daran schuld?", fragte Daka.

Silvania überlegte einen Moment. „Die Liebe."

„Liebe?" Bogdan bekam schlagartig eine rote Nase.

„Na, ist doch klar. Hätte Helene sich nicht knallratzfatz in Murdo verliebt, hätte sie sich auch nicht allein mit ihm im Wald getroffen", erklärte Silvania. „Also ist die Liebe schuld."

Daka zog die Nase hoch. „Liebe ist doof. Wusste ich doch."

„Ist sie nicht." Silvania verdrehte die Augen. „Sie ist nur … manchmal gefährlich."

Bogdan nickte. Davon hatte er auch schon gehört.

Daka schnaufte. Ihr war das mit der Liebe und

dem ganzen Drumherum zu kompliziert. Sollte sie wirklich in Murdo verliebt sein – dessen Daka sich gar nicht so sicher war – würde sie sich schnellstens wieder entlieben. Das nahm sich Daka zumindest vor. Denn es brachte ja nur Ärger. Und jetzt erfuhr sie, dass es auch noch gefährlich war. Daka liebte die Gefahr, aber da machte sie doch lieber Extremfliegen. „Und was machen wir jetzt?"

Silvania zuckte mit den Schultern. „Ich weiß nicht, wie wir Helene noch helfen können."

„Helene kann nur noch ein Wunder helfen", sagte Bogdan.

„Ein Wunder?" Silvania sah Bogdan fragend an. „Und wie soll das aussehen?"

Bogdan stülpte die Lippen nach außen. „Keine Ahnung."

Ein Wunder

Das Wunder war 1,93 Meter groß, hatte wellige blonde Haare und solariumgebräunte Haut. Das Wunder hatte auch einen Namen. Es hieß Dirk van Kombast. Bis auf seine Mutter hätte Dirk van Kombast wahrscheinlich niemand als ein Wunder bezeichnet. Schon gar nicht die Vampirschwestern.

Dirk van Kombast stand seit ungefähr zehn Minuten hinter einem Baum. Es war eine Tanne. Ihr Stamm war nicht besonders dick. Doch das war Dirk van Kombast auch nicht. In der rechten Hand hielt er die Garlic Gun. In der linken einen Tannenzweig, den er aufgehoben hatte und sich zur Tarnung vors Gesicht hielt. Was er durch die Tannennadeln sah, war zum Haareraufen. Aber dafür hatte Dirk van Kombast keine Hand frei.

Zunächst war Helene Steinbrück mit diesem Vampir durch den Wald spaziert. Mitten in der Nacht! Hand in Hand! Es war ein Skandal. Dann hatten sie sich auf einen umgefallenen Baumstamm gesetzt. Der Vampir hatte Helene dazu gebracht, ihr Ohr an seinem zu reiben. Was er damit bezweckte, war Dirk van Kombast nicht ganz klar. Vielleicht regte das den Appetit an. Kurz darauf hatte Helene den Vampir am Ohrläppchen gezogen. Zweifelsohne hatte er ihr irgendeine Unanständigkeit zugeflüstert. Doch was Dirk van Kombast jetzt sah, ließ ihn vor Entsetzen erstarren. Der Vampir beugte sich über Helene. Er beschnüffelte sie vom Scheitel bis zum Kinn. Dann starrte er auf Helenes Hals und fuhr sich mit der Zunge über die pfeilspitzen Eckzähne. Plötzlich riss er Helene nach hinten, warf den Oberkörper zurück und …

NEIN!, dachte Dirk van Kombast. Er würde nicht zulassen, dass ein weiterer Mensch einem blutrünstigen Wesen der Finsternis zum Opfer fiel. NEIN! Er würde nicht tatenlos zusehen, wie einem unschuldigen Mädchen das Leben aus dem Körper gesaugt wurde. NEIN, NEIN, NEIN!

Dirk van Kombast lehnte sich mit dem Rücken an den Baumstamm. Er presste die Garlic Gun mit beiden Händen an den Oberkörper. Für einen Moment schloss er die Augen. Er atmete tief ein und füllte seinen Körper mit neuer, positiver Energie. Danach öffnete er die Augen. Sie funkelten entschlossen und furchtlos. Er nickte sich selbst zu und …

„HUUUHAAA TSCHAKKAAA!“, drehte sich wie ein Diskuswerfer mit einem Kampfschrei um, stürmte mit der Waffe im Anschlag auf den Baumstamm zu, ging wenige Meter davor in Gefechtsstellung, zielte auf Kopf und Oberkörper des Vampirs und feuerte die gesamte Knoblauchladung ab.

Flopp, flopp, flopp, flopp, flopp, flopp … zischten die Knoblauchzehen durch die Luft. Wie Hagelkörner gingen sie auf den Vampir nieder.

„Beiß in die Zehe, du Ungeheuer! Deine Nächte sind gezählt!“, rief Dirk van Kombast.

Helene Steinbrück schrie. Sie versuchte sich vor

den abprallenden Knoblauchzehen in Sicherheit zu bringen und ging schnell hinter dem Baumstamm in Deckung.

Der Vampir dagegen saß stocksteif auf dem Baumstamm. Er starrte Dirk van Kombast mit offenem Mund an. Bis auf einmal ... FLOPP ... eine Knoblauchzehe mitten in seinem Mund landete. Der Vampir riss die Augen auf. Er wollte etwas sagen, doch in dem Moment prasselte die nächste Ladung Knoblauchzehen mitten in sein Gesicht.

Der Vampir wurde knallrot, er schielte, er schnaufte ein letztes Mal, dann kippte er wie in Zeitlupe nach hinten. Er kam mit dem Rücken auf dem Erdboden hinter dem Baumstamm auf. Seine Beine lehnten am Baumstamm und zeigten kerzengerade in den sternenübersäten Nachthimmel, aus dem es noch immer Knoblauchzehen regnete.

„Murdo!“, rief Helene. Sie beugte sich über den Vampir.

Dirk van Kombast feuerte weiter, bis er die gesamte Ladung verschossen hatte. Insgesamt waren zwanzig Knoblauchknollen in der Garlic Gun gewesen. Das hieß, konkret waren an die 300 Knoblauchzehen auf den Vampir niedergegangen. Sie hatten den Vampir in wenigen Sekunden umgepustet. Dirk van Kombast war zufrieden mit seiner Präzisionswaffe. Er gab ihr schnell einen kleinen Kuss und raunte: „Mein Baby.“

Dann ging er rasch um den Baumstamm herum. Er begutachtete seine Beute mit ausreichend Sicherheitsabstand. Der Vampir lag starr wie ein „L“ am

Baumstamm. Er schielte. Seine Haare und sein Oberkörper waren voller Knoblauchzehen. Helene nahm dem Vampir die Knoblauchzehe aus dem Mund. Sie rüttelte an ihm und rief immer wieder: „Murdo! Murdo!“ Dann holte sie aus und schlug dem Vampir auf die Wange. Einmal links. Einmal rechts.

Schläge! Dirk van Kombast unterdrückte ein Schnaufen. Was für eine veraltete Methode. Damit brachte man heutzutage keinen Vampir mehr zur Strecke. „Spar dir die Mühe. Der ist erledigt“, sagte er.

Helene fuhr herum. „SIE!“ Mit einem Satz war sie auf den Beinen, stürmte auf Dirk van Kombast zu und schlug mit den Fäusten auf ihn ein.

„Aber …!“ Dirk van Kombast riss die Hände zum Schutz vors Gesicht. „Das ist doch … was soll denn das … also hör mal …“

„Sie haben ihn umgebracht!“, schrie Helene.

„Natürlich habe ich ihn getötet.“ Dirk van Kombast wich Helene geschickt aus.

Helene hielt inne. „Von wegen, Sie haben nur geflötet!“

„Nicht geflötet. Getötet! Du solltest mir dankbar sein!“

„Ich sollte Tankwart sein?“ Helene sah den Vampirjäger mit gerunzelter Stirn an.

Dirk van Kombast sah Helene mit hochgezogenen Augenbrauen an. War er nicht schnell genug gewesen? Hatte es der Vampir doch geschafft, dieses Mädchen zu beißen, und schwanden bereits dessen

Sinne? Angefangen mit dem Hörsinn? Er musterte Helenes Hals. Er konnte keine Bisswunden erkennen. Doch im Wald war es finster. Nur ein paar Mondstrahlen zwängten sich durch die Bäume.

Helene griff in die Hosentasche, holte einen kleinen Gegenstand heraus und steckte ihn sich ins Ohr.

Alles ging so schnell, dass Dirk van Kombast dachte, Helene kratzte sich nur am Ohr. „D-a-n-k-b-a-r. Du solltest d-a-n-k-b-a-r sein", wiederholte er.

„Warum schreien Sie denn so?" Helene warf dem Vampirjäger einen verständnislosen Blick zu. „Und warum sollte ich Ihnen dankbar sein?"

„Ich habe dich vor diesem blutrünstigen Wesen der Finsternis gerettet." Dirk van Kombast deutete mit dem Lauf der Garlic Gun auf den Vampir am Boden.

„GERETTET? Sie haben mich nicht gerettet!" Helene fuchtelte mit den Armen vor Dirk van Kombast herum. So aufgebracht war sie. „Sie haben mir die erste Liebesszene meines Lebens vermasselt! FUMPFS, FUMPFS, FUMPFS!"

„Fumpfs?" Dirk van Kombast runzelte die Stirn. „Jetzt hör mir mal gut zu. Dieser Vampir war kurz davor, dich zu beißen. Das wäre nicht nur deine erste, sondern auch deine letzte Liebesszene gewesen."

„Und wenn schon!" Helene verschränkte die Arme. „Ich hätte nichts dagegen gehabt, wenn Murdo mich gebissen hätte."

Dirk van Kombast sah Helene fassungslos an. Der Vampir hatte dem Mädchen den Verstand geraubt. Vermutlich war das der Zweck des Ohrenaneinanderreibens. Er musste Helene Steinbrück aufrütteln. Er musste ihr klarmachen, in welcher Gefahr sie sich befunden hatte. „Dann wärst du jetzt tot! Oder ein Vampir!"

„Vampirsein ist sicher cool", gab Helene trotzig zurück. „Auf jeden Fall cooler, als so ein Typ zu werden wie Sie."

Dirk van Kombast starrte Helene an. Er machte den Mund auf und zu, doch es kam nichts heraus.

Helene klopfte auf ihr Hörgerät.

Schließlich stotterte der Vampirjäger. „Also ... das ist doch ... Wie kannst du ... So etwas lasse ich mir nicht gefallen!" Schon gar nicht von einem Kind, fügte Dirk van Kombast in Gedanken hinzu. Da hatte er wieder den Beweis: Kinder waren frech, hatten dreckige Fingernägel und nur Humbug im Kopf. Dirk van Kombast musste dringend mit einem Erwachsenen reden. Einem, der den Ernst der Lage erkannte. Einem, der seine Heldentat zu schätzen wusste. „Ich rufe die Polizei. Ich habe einen Vampir erlegt. Und du", sagte er und zeigte auf Helene, „bist Zeugin." Dann zog er ein flaches, silbernes Handy aus der Jackeninnentasche.

Nachtschicht

Polizeimeister Timok Kuragos hatte Nachtschicht. Er liebte die Nachtschicht. Denn er liebte die Nacht. Sie war dunkel. Kühl. Und ruhig. Meistens. Manchmal klingelte mitten in der Nacht das Telefon. So wie heute.

Es klingelte einmal. Polizeimeister Kuragos schielte kurz zum Apparat. Es klingelte zweimal. Der Polizeimeister tunkte seinen Teebeutel hoch und runter. Er ließ ihn über der Tasse abtropfen. Es klingelte dreimal. Timok Kuragos legte den Teebeutel auf den Unterteller. Er warf einen Zuckerwürfel in den Tee. Er zögerte. Das Telefon klingelte zum vierten Mal. Der Polizeimeister warf einen zweiten Zuckerwürfel in den Tee. Er rührte um, leckte den Löffel ab, führte die Tasse zum Mund, pustete und nahm schließlich einen kleinen Schluck. Das Telefon hatte mittlerweile zum fünften Mal geklingelt. Timok Kuragos setzte die Tasse ab. Er zog seine Uniformjacke gerade und nahm den Hörer ab.

„Polizeimeister Kuragos. Ich höre?"

„Sie müssen kommen. SOFORT! Ich bin im Wald. Hier ist ein Vampir. Aber er ist tot. Sieht jedenfalls danach aus. Und ein Mädchen. Bringen Sie ein Sondereinsatzkommando mit. Und Knoblauch."

Polizeimeister Kuragos nahm einen Schluck Tee.

„Hallo? Hallo? Hören Sie? Sind Sie noch dran?"

„Mit wem spreche ich bitte?“, fragte Timok Kuragos.

„Oh. Verzeihung. Dirk van Kombast. Ich bin … äh … Vampirjäger.“

„Vampirjäger. So, so.“ Der Polizeimeister notierte den Namen. „Und Sie sind im Wald.“

„Ganz genau.“ Dirk van Kombast beschrieb die Stelle, so gut er konnte.

„Und bei Ihnen ist ein toter Vampir und ein totes Mädchen?“, fragte der Polizeimeister.

„Nein. Nur der Vampir ist tot. Das Mädchen nicht. Glaube ich zumindest.“

„Sie wissen nicht genau, ob das Mädchen noch lebt?“

„Doch, doch. Das Mädchen lebt, ganz bestimmt. Ich bin mir nicht sicher, ob der Vampir tot ist“, erklärte Dirk van Kombast.

„Wieso meinen Sie, dass er tot ist?“

„Ich habe ihn mit 300 Knoblauchzehen beschossen.“

Polizeimeister Kuragos zog eine Augenbraue hoch.

„Es … es war selbstverständlich Notwehr“, fuhr Dirk van Kombast fort.

„Selbstverständlich.“ Polizeimeister Kuragos fuhr sich mit der Hand über den Nasenrücken. „Wissen Sie, wer das Mädchen ist?“

„Helene. Helene Steinbrück.“

Polizeimeister Kuragos notierte sich den Namen. „Und der Vampir?“

„Der Vampir? Ach so … ich glaube, er heißt Murjo

oder Murdo oder so ähnlich. Sie müssen ihn verhaften!“, forderte Dirk van Kombast.

„Den toten Vampir?“, fragte der Polizeimeister nach.

„Natürlich. Er muss untersucht werden. An ihm muss ein Exempel statuiert werden. Zur Abschreckung für all die anderen Vampire.“

„Verstehe“, sagte Timok Kuragos. „Bleiben Sie, wo Sie sind. Wir sind in zehn Minuten da.“

Der Polizeimeister legte den Hörer auf. Er nahm einen Schluck Tee. Er verzog den Mund und warf einen weiteren Würfelzucker in die Tasse. Während er umrührte, zog er ein Handy aus der Uniformjackentasche. Er drückte dreimal mit dem Daumen auf die Tasten, dann wählte das Handy.

„Vampol Einsatzzentrale“, meldete sich eine verrauchte Frauenstimme.

„Einen von uns hat es erwischt“, sagte Timok Kuragos leise. Er fuhr sich dabei über die Koteletten, die bis an die Mundwinkel reichten und seine langen Eckzähne verbargen. „Vermutlich Knoblauchkoma.“ Der Polizeimeister nannte der Vampol-Mitarbeiterin den Namen des Vampirs und des Mädchens und beschrieb die Stelle im Wald, die ihm Dirk van Kombast genannt hatte. „Am besten, Sie informieren die Familie und schicken einen Arzt. Ich kümmere mich hier mit meinen Kollegen um alles andere.“ Vor allem um diesen Vampirjäger, dachte Timok Kuragos, als er auflegte.

Die Verhaftung

Alle paar Minuten sah Dirk van Kombast auf die Uhr. Zehn Minuten waren längst vergangen. Wo blieb die Polizei? Was, wenn sie seine Beschreibung nicht verstanden hatten und die Stelle im Wald nicht fanden? Wie lange sollte er in der Dunkelheit warten? Allein mit einem Mädchen, das den Verstand verloren hatte, und einem toten Vampir. Der vielleicht gar nicht richtig tot war. Bei Vampiren wusste man das schließlich nie so genau.

Sollte der Vampir wiederauferstehen, wäre Dirk van Kombast ihm schutzlos ausgeliefert. Er hatte seine ganze Munition verschossen. Zwar lagen noch genügend Knoblauchknollen im Zelt, doch das war weit entfernt. Dirk van Kombast dachte eine Sekunde daran, die Knoblauchzehen vom Boden aufzuheben. Doch es erschien ihm zu mühselig. Außerdem war es zu dunkel im Wald. Und außerdem wollte er dem Vampir nicht zu nahe kommen. Auch, wenn er noch so stocksteif dalag.

Dirk van Kombast warf einen Blick auf Helene Steinbrück. Sie kniete neben dem Vampir, hielt seine blasse Hand und rieb regelmäßig ihr Ohr an seinem. Von ihr war wohl kaum Hilfe zu erwarten, würde der Vampir sich plötzlich erheben.

Da! Dirk van Kombast schreckte auf. Er hörte Stimmen. Das Unterholz knackte. Jemand näherte sich. Es bestand kein Zweifel. Schon flackerten die ersten Taschenlampen zwischen den Bäumen auf.

„HIER!“, rief Dirk van Kombast und schwenkte die Garlic Gun über seinem Kopf. „Hier sind wir!“

Eine Minute später war die Polizei da. Es waren vier Beamte in dunkelblauer Uniform. Sie hatten goldgelbe Streifen an den Ärmeln und goldgelbe Knöpfe auf den Schulterklappen. Die Polizisten stellten sich im Halbkreis um den Baumstamm auf.

„Da sind Sie ja! Endlich!“, begrüßte sie Dirk van Kombast.

„Polizeimeister Kuragos. Wir hatten telefoniert“, sagte einer der Beamten und tippte sich kurz mit dem Zeigefinger an die Mütze.

Der Mann war groß und gebaut wie ein Kasten. Er hatte beeindruckende, schwarze Koteletten, groß wie ein Steak. Er hob sich deutlich von seinen Kollegen ab. Dirk van Kombast wusste nicht genau, warum. Vielleicht, weil er etwas blasser war. Vielleicht, weil seine Augen funkelten wie ein unterirdischer See. Vielleicht auch nur, weil er mehr goldgelbe Knöpfe auf den Schulterklappen hatte als die anderen Polizisten. „Dirk van Kombast“, stellte er sich vor und legte sein Vertreterlächeln auf. Mit der belaubten OP-Haube auf dem Kopf und den Erdkrümeln im Gesicht wirkte das Lächeln nicht ganz wie geplant. „Wir sollten keine Zeit verlieren und unverzüglich …“

„Stopp!“ Timok Kuragos hob die Hand. „Immer. Mit. Der. Ruhe.“

Der Kollege zu seiner Rechten nickte. Seine blonden Locken, die unter der Mütze hervorquollen, wippten.

„Alles in Ordnung?“, fragte Polizeimeister Kuragos Helene.

„Mit mir schon. Aber nicht mit Murdo.“ Helene zeigte auf den Vampir, der noch immer stocksteif hinter dem Baumstamm lag und die Beine in die Luft streckte.

Der Polizist mit den blonden Locken wollte zu Murdo gehen.

„Lass mal, Radu.“ Polizeimeister Kuragos versperrte seinem Kollegen mit dem Arm den Weg. „Das sehe ich mir am besten selber an.“ Mit diesen Worten ging er um den Baumstamm herum. Er betrachtete den Vampir einen Moment im Stehen, dann ging cr ächzend in die Hocke. Er berührte den Vampir am Hals, an den Händen und zog ihn am Ohrläppchen. Der Vampir rührte sich nicht.

„Hinüber, was?“, fragte Radu.

„Sieht ganz danach aus“, meinte Timok Kuragos. In seinen Augen spiegelte sich Sorge.

Ein kleiner Polizeibeamter mit einem großen Bauch und einer großen Knollennase spuckte auf den Waldboden. „Lasst mich raten – ihr zwei habt natürlich keine Ahnung, wer den Typen dort am Baumstamm umgebracht hat?“

„Natürlich!“, schoss es aus Dirk van Kombast heraus. „Ich habe ihn getötet. Mit meiner Präzisionswaffe. Das habe ich Herrn Polizeimeister Kuragos doch schon am Telefon gesagt. Sie müssen ihn festnehmen!“

„Den Polizeimeister?", fragte Radu.

„Nein." Dirk van Kombast schloss eine Sekunde die Augen. Dann zeigte er auf Murdo. „Ihn natürlich. Es muss sichergestellt werden, dass er wirklich tot ist. Er muss untersucht werden. Gründlichst!"

Der Polizist mit der Knollennase und der vierte Kollege waren ein paar Schritte auf Dirk van Kombast zugegangen. Sie stellten sich links und rechts von ihm auf.

Polizeimeister Kuragos nickte ihnen kaum merklich zu. Dann wandte er sich an Dirk van Kombast. „Jetzt erzählen Sie noch mal in aller Ruhe, was hier genau passiert ist."

Dirk van Kombast überlegte einen Moment, wo er mit der Geschichte beginnen sollte. Mit seiner Mutter? Mit den Nachbarn in Bindburg? Mit den Beobachtungen hier im Wald? Er beschloss, es ganz kurz zu machen. Sie mussten handeln, reden und seinen Mut preisen konnten sie später. Er streckte die Brust heraus und sagte: „Ich habe diesem Mädchen das Leben gerettet." Er zeigte auf Helene. „Hätte ich auch nur eine Sekunde später meine Garlic Gun abgefeuert, hätte dieses Ungeheuer das Mädchen zerfleischt." Er zeigte auf Murdo. „Endlich ist es mir gelungen, eines dieser blutrünstigen Wesen zur Strecke zu bringen. Denn das da ist kein normaler Junge. Das ist ein Vampir. Helene Steinbrück wird Ihnen alles bestätigen." Dirk van Kombast blickte auffordernd zu Helene.

Die Polizisten sahen Helene fragend an.

„Ein Vampir?", rief Helene. Sie sah Dirk van

Kombast mit großen blauen Augen an, dann lachte sie los. „Ein Vampir! Haben Sie das gehört?“, fragte Helene die Polizisten. „Ein erwachsener Mann glaubt an Vampire. Dabei weiß jedes Kind, dass es keine Vampire gibt.“ Helene lachte noch lauter. Sie konnte gut schauspielern, wenn es darauf ankam. Das ahnte ihr Vater auch schon.

Radu grinste als Erster. Helenes Lachen war ansteckend. „Ein Vampir. Das ist wirklich gut.“

Der Knollennasenpolizist schnaufte. „Was einem heutzutage alles für Geschichten aufgetischt werden. Und dafür müssen wir mitten in der Nacht die Amtsstube verlassen.“ Er spuckte auf den Waldboden und zog seine Hose hoch.

Der vierte Kollege, der vollkommen unscheinbar war, schüttelte unaufhörlich den Kopf und ließ Dirk van Kombast dabei nicht aus den Augen. „Unmöglich. Unmöglich“, murmelte er.

Timok Kuragos starrte mit ausdruckslosem Gesicht in die Dunkelheit.

„Aber ... aber Sie müssen mir glauben!“, rief Dirk van Kombast den Polizisten zu. Dann wandte er sich an Helene. „Und du hast doch vorhin selbst zugegeben, dass dein Freund hier ein Vampir ist. Oder war. Du wolltest sogar, dass er dich beißt. Was nur zeigt, dass er dir bereits den Verstand geraubt hat.“

Helene warf dem Vampirjäger einen mitleidigen Blick zu. „Vielleicht sollten Sie besser mal gucken, ob ihr eigener Verstand hier irgendwo an einem Ast hängen geblieben ist. Ich habe nie im Leben gesagt, dass Murdo ein Vampir ist. Und beißen lassen wollte ich mich auch nicht. Ich bin doch nicht bescheuert."

Radu nickte. Er glaubte dem Mädchen sofort. Sie erinnerte ihn an seine Nichte. Ein aufgewecktes, hübsches, liebenswertes Mädchen.

„Sie lügt!", rief Dirk van Kombast. Seine Wangen schimmerten rot durch die Erdkrümel auf seinem Gesicht hindurch. „Oder sie ist nicht bei Sinnen. Der Vampir hat sie in seinen Bann gezogen."

„Mir kommt sie total bei Sinnen vor", sagte Radu

„Also *ich* habe noch nie einen Vampir gesehen", sagte der Beamte mit der Knollennase. Er grinste verächtlich.

„Aber ICH!" Dirk van Kombast nickte so heftig, dass seine OP-Haube verrutschte. „Und zwar nicht nur einen, sondern an die Tausende. Hier im Wald. Erst vergangene Nacht. Sie haben sich gegenseitig angeniest und dann auch auf eine Vampirpuppe gerotzt und ..."

„Jetzt hören Sie endlich mit diesem Vampirblödsinn auf!", forderte der Knollennasenpolizist.

„Vielleicht ist das für Sie ja eine große Überraschung, aber: Vampire gibt es nicht", sagte Radu. „Das sind nur Sagengestalten. Verstehen Sie? Märchen. Sie machen sich mit der Geschichte doch nur lächerlich. Stimmt's, Chef?"

Polizeimeister Kuragos musterte Dirk van Kombast einen Moment. Dann nickte er seinem Kollegen zu. „Stimmt, Radu."

„Wenn Sie meinen, in Transsilvanien würden Sie

mit so einer Geschichte durchkommen, haben Sie sich geirrt", fügte der Polizist mit dem großen Bauch und der großen Knollennase hinzu.

„Was heißt hier Geschichte?" Dirk van Kombast sah die Polizisten entsetzt an. „Das ist die Wahrheit! Vampire sind keine Sagengestalten. Diese Lüge haben die Vampire selbst verbreitet, damit man die Suche nach ihnen aufgibt. Dabei gibt es Tausende, ach, was sage ich, Millionen von ihnen." Dirk van Kombast sah Timok Kuragos an und flüsterte: „Und sie sind mitten unter uns."

Der Polizeimeister erwiderte Dirk van Kombasts Blick, ohne zu blinzeln. Er zog lediglich eine Augenbraue nach oben.

„Also mir reicht's, Chef", sagte der Knollennasenbeamte. „Nehmen wir ihn fest, oder was?"

„Festnehmen? Mich? Wieso das denn?" Dirk van Kombast sah aufgebracht zwischen den Beamten hin und her.

Der Polizeimeister nickte den Beamten zu. Sofort ergriffen sie den Vampirjäger.

„Aufhören! Lassen Sie mich los! Ich bin der Retter, nicht der Täter!" Dirk van Kombast versuchte, sich aus dem Griff der Polizisten zu befreien.

„Unmöglich, unmöglich", murmelte der unauffällige Polizeibeamte.

Helene warf Dirk van Kombast einen mitfühlenden Blick zu. Er hatte ihr die erste Liebesszene ihres Lebens verdorben. Er hatte ihre erste Liebe getötet. Und er hatte ihrer Meinung nach vollkommen den Verstand verloren. Dennoch sah er jetzt so erbärmlich und lächerlich aus, dass er ihr leidtat. Aber nur ganz kurz. Und nur ganz wenig.

Der Vampirjäger war groß und schlank, aber nicht besonders kräftig. Gegen die trainierten Beamten hatte er keine Chance. Der Polizist mit der Knollennase stieß ihn mit dem Bauch zurück. Radu kam seinen Kollegen zu Hilfe. Sie legten Dirk van Kombast Handschellen an.

„Herr Polizeimeister Kuragos!", rief Dirk van Kombast. „So sagen Sie doch etwas! Das können Sie nicht einfach zulassen!"

Der Polizeimeister fand, er konnte das sehr gut zulassen. „Sie haben gestanden, diesen Jungen dort mit ihrer Knoblauchknarre getötet zu haben. Und nicht nur das. Wir haben auch eine Zeugin." Er deutete mit dem Kinn auf Helene.

„Ihnen ist der Knast so sicher wie der Eintagsfliege der Tod." Der Knollennasenpolizist spuckte ein paar Zentimeter von den Füßen des Vampirjägers entfernt auf den Boden.

„Abführen", sagte Polizeimeister Kuragos.

„Ich werde mich beschweren! Beim obersten Polizeichef! Beim Innenministerium!", rief Dirk van Kombast, während ihn die Polizisten über den Waldboden schleiften. „Ich werde Sie verklagen. Meine fünf Anwälte werden Ihnen das Leben zur Hölle machen!"

Timok Kuragos sah seinen Kollegen nach. Dann drehte er sich zu Helene und Murdo um. „Deine Freunde in Bistrien wissen Bescheid", sagte er ruhig. „Ein Arzt ist unterwegs."

Helene sah den Polizeimeister an, als wäre er ein pinker Elefant. Mitten im transsilvanischen Wald.

In dem Augenblick rauschten die Baumkronen. Der Polizeimeister blickte nach oben. „Da sind sie schon. Ich muss leider los. War nett, dich kennengelernt zu haben, Helene. Azdio!“

Standpauke im Budnyk

„Wie konntest du nur allein in den Wald gehen!“, sagte Karpa Tepes. Sie hing am Seil, das durch das Wohnzimmer gespannt war.

„Mitten in der Nacht! Potztausend!“, sagte Elvira Tepes. Sie saß auf der Couch unter dem Bärenkopf.

„Mit einem Jungen!“, sagte Vlad Tepes. Er hing neben seiner Frau.

„Mit einem bissigen Jungen!“, fügte Mihai Tepes hinzu. Er stand am Budnykfenster. Nur zur Sicherheit. Damit sich Helene nicht noch einmal abseilen konnte.

„Mit einem ultimo gefährlichen Transgigantus“, rief Woiwo, der gerade durchs Wohnzimmer flog.

Helene saß zwischen ihren beiden Freundinnen auf einem Stuhl. Die Haare hingen ihr vors Gesicht, so sehr hatte sie den Kopf gesenkt.

„Es ist unsere Schuld“, sagte Silvania. „Wir hätten besser auf Helene aufpassen müssen.“

Daka sah ihre Schwester erstaunt an. Sie dachte, schuld war nur die Liebe. Die blöde.

Mihai Tepes nickte. „Das stimmt. Ihr habt hier die Verantwortung für eure Freundin.“

Helene hob langsam den Kopf. „Daka und Silvania haben keine Schuld“, sagte sie. „Sie haben mich gewarnt und wollten auf mich aufpassen.“

Elvira seufzte. „Es ist unsere Schuld, Mihai. Ich

hab's doch gewusst. Wir hätten Helene niemals nach Bistrien mitnehmen dürfen."

„Aber dann hätte ich all das hier doch gar nicht kennengelernt", sagte Helene und fügte in Gedanken hinzu: Und Murdo auch nicht. „Und Bistrien ist das Tollste, Schönste und Verrückteste, was ich jemals gesehen habe."

Vlad Tepes nickte. Er fand seine Heimat auch toll und schön. Und etwas verrückt. „Nun ja", brummte er vom Abhängseil. „Es ist ja gerade noch mal gut gegangen."

Vlad Tepes war vor wenigen Stunden mittels einer Rapedadi-Fledermauspost von Vampol benachrichtig worden, dass sein Gast aus Deutschland zusammen mit einem Vampir namens Murdo im Wald von einem Vampirjäger festgehalten wurde. Der Vampirjäger hatte eine ganze Ladung Knoblauchzehen auf den Vampir abfeuert.

Vlad Tepes flog sofort mit seinem Bruder und Dr. Liviu Chivu in den Wald. Auf dem Flug trafen sie Silvania, Daka und Bogdan, die bereits nach Helene suchten. Gemeinsam flogen sie zu der Stelle, die ihnen Vampol genannt hatte. Helene war unverletzt, nur etwas durcheinander. Murdo dagegen lag in einem schweren Knoblauchkoma. Dr. Liviu Chivu leistete umgehend Erste Hilfe. Er hielt Murdo einen Stinktierschwanz unter die Nase, stopfte ihm jeweils eine Bürstenspinnerraupe in die Ohren und beträpfelte seine Lippen mit Frischblut. Dann schlug er ihm dreimal kräftig in die Kniekehlen. Murdo stöhnte. Dr. Chivu sagte, das wäre ein sicheres Zeichen der Besserung. Er rief einen Krankenflieger und brachte den Komapatienten ins Hospitalnyk nach Bistrien. Er informierte Murdos Eltern. Dann flog Dr. Liviu Chivu zu seinem Geliebten. Sie wollten gemeinsam Blutfondue essen.

Vlad, Mihai, Silvania, Daka und Bogdan flogen mit Helene ebenfalls zurück nach Bistrien. Bogdan holte seine Mutter vom Friseur ab. Sie freute sich sehr darüber. Die anderen flogen nach Hause. Sie freuten sich auch. Darüber, dass Helene wieder da war. Und darüber, dass sie noch ungebissen war. Aber sie machten sich auch ziemlich große Vorwürfe und Sorgen.

„Du hast recht“, sagte Mihai. Sein Bruder hatte oft recht. Allerdings nicht ganz so oft wie seine Frau Elvira. „Hören wir auf, uns Vorwürfe zu machen. Helene hat ein Abenteuer erlebt. Und Abenteuer sind gefährlich. Allerdings müssen sie nicht gleich lebensgefährlich sein. Ich denke, das war uns allen eine Lehre.“ Mihai sah in die Runde.

Elvira nickte ihrem Mann zu. „Zum Glück fliegen wir morgen zurück nach Deutschland.“

Daka schreckte auf und rutschte beinahe vom Stuhl. Sie lag mit dem Rücken auf der Sitzfläche und hatte die Beine über die Lehne gehängt. „Schlotz zoppo! Morgen schon. Dabei hat Helene noch nicht einmal unseren Flugparcours gesehen.“

„Und unseren Blutmarkt“, warf Woiwo ein. Er steckte den Kopf von der oberen Etage ins Wohnzimmer.

„Und unser Theatnyk“, sagte Silvania.

Tante Karpa sah auf die Uhr. „Wenn ihr euch beeilt, schafft ihr das noch."

„Hast du Lust?", fragte Daka.

Helene nickte sofort. Obwohl sie noch mehr Lust hatte, das Hospitalnyk zu sehen.

„Aber ihr weicht Helene keine Sekunde von der Seite. Verstanden?" Elvira Tepes sah ihre Töchter streng an. Das konnte sie sehr gut.

„Ich will mit!" Woiwo sprang eine Bombe und landete auf der Couch. Nur wenige Zentimeter neben Elvira Tepes, die ihren Neffen erschrocken ansah.

„Nici doi viati!", rief Daka. Das hieß „Nie im Leben!"

„Bittebittebittebittebitte!" Woiwos gelbe Augen wurden ganz groß und ganz traurig. „Ich lasse auch Pille und Palle zu Hause." Pille und Palle waren Woiwos Haustiere. Sie waren Flöhe und kamen im Verhalten nach ihrem Herrchen. Sie verhielten sich, wie sie wollten.

„Nehmt ihn doch mit", sagte Tante Karpa. „Er hat sich so auf euch gefreut. Morgen ist er wieder ganz allein zu Hause."

Silvania musterte ihren Cousin. Wie er jetzt so dasaß und flehend guckte, sah er richtig süß aus. Natürlich wusste Silvania, dass das alles nur Tarnung war. In Wirklichkeit war Woiwo ein frecher Popelrotzi. Angeblich kam er nach Oma Zezci. Vielleicht war sie deshalb nach Jamaika ausgewandert. Sie wusste, was mit diesem Enkel auf sie zukam.

Silvania sah ihre Schwester und Helene fragend

an. Beide nickten. „Na schön. Dann kommst du eben mit."

Woiwo streckte die geballte Faust in die Höhe. „Hoi boi!"

„Aber keine Popel schnipsen", warnte Silvania.

„Und versuch ja nicht, mit Pupsantrieb schneller zu fliegen", fügte Daka hinzu.

„Und lad mich nicht wieder als Essen ein", sagte Helene, die sich an Woiwos letzten Annäherungsversuch erinnerte.

Woiwo hob feierlich die Hand und sagte mit ernster Miene: „Nici doi viati."

Stadtrundflug

Der Flugparcours befand sich am Rande von Bistrien. Hier standen und hingen nur noch vereinzelt kleine Budnyks. Man hatte freie Flugbahn.

Silvania und Helene saßen auf der Trainerbank. Woiwo und Daka führten Helene den Flugparcours vor. Zuerst flogen sie auf der Hindernisbahn um die Wette. Sie flogen mit Höchstgeschwindigkeit auf Holzwälle zu. Der obere Rand der Wälle war zur Erhöhung des Schwierigkeitsgrades mit Knoblauchzehen gespickt. In letzter Sekunde, kurz bevor sie auf einen Wall aufprallten, stießen Daka und Woiwo in die Höhe. Gleich danach schossen sie in die Tiefe und auf den nächsten Wall zu.

„Das nennt man Steilflug“, erklärte Silvania.

„Zensatoi futzi“, hauchte Helene. Sie sah Daka und Woiwo mit offenem Mund zu.

Als Nächstes führten die beiden einen Schlängelflug vor. Sie hatten die Arme an den Körper gepresst, versuchten sich schmal wie eine Stricknadel zu machen und so schnell wie möglich um eine Reihe Stangen zu fliegen. Die Stangen folgten dicht aufeinander und reichten bis an die Höhlendecke. Woiwo gewann die Runde. Dabei hatte er noch nicht einmal den Pupsantrieb eingesetzt. Er war im Vorteil, weil er klein war und schneller um die Stangen herumkam.

„Lahme Flugente!“, rief er seiner Cousine zu.

Die streckte ihm die Zunge heraus. Damit war das geklärt.

Nach einer kurzen Pause führten Daka und Woiwo die Käsewand vor. Sie war aus gelbem Schaumstoff und voller Löcher. Die Löcher hatten verschiedene Größen. Ziel war es, so schnell wie möglich auf die Käsewand zuzufliegen und ein Loch zu treffen. Je enger das Loch, desto besser der Flieger. Tante Karpa war einmal in einem Loch stecken geblieben. Ihrer Meinung nach lag es nur an ihrem gigantischen Haarturm. Woiwo und Daka waren beide sehr geschickt an der Käsewand.

Danach zeigten Daka und Woiwo noch den Räuberflug. Es galt, aus dem schnellen Flug heraus einen Wildschweinzahn aufzulesen, der auf dem Boden lag. Sie zeigten den Blindflug (mit verbundenen Augen), den Gleitflug (sich so lange wie möglich in der Luft halten, ohne den Körper zu bewegen), den Hummelflug (im Kreis fliegen, bis einem schwindlig wird), den Rückwärtsflug und den Sturzflug.

Helene war begeistert. Silvania musste sie zurückhalten, sonst wäre sie auf die Käsewand zugelaufen und hätte sich durch ein Loch gestürzt. Zum ersten Mal seit dem Erlebnis im Wald funkelten Helenes Augen wieder. Zum ersten Mal dachte sie länger als ein paar Minuten nicht an Murdo Dako-Apusenu.

Vom Flugparcours flogen Daka und Woiwo direkt zum Blutmarkt. Silvania und Helene nahmen die Sargbahn. Der Blutmarkt fand zweimal die Woche statt. Es war eine jahrhundertealte Tradition. Händler aus Bistrien, aber auch aus den umliegenden Ortschaften bauten rund ums Rodnyk Stände auf oder flogen mit ihren Bauchläden durch die Stadt. Sie priesen lautstark ihre Waren an.

Helene fasste sich auf dem Blutmarkt öfters ans Hörgerät. Sie war sich nicht sicher, ob sie alles richtig verstand.

„Marinierte Schweineborsten“, brüllte ihr ein Händler direkt ins Ohr.

„Rohwurst im Tierdarm“, rief eine zierliche Händlerin und schwenkte mehrere Würste über dem Kopf.

Ein Händler stand vor einem großen Fass und verkündete: „Eingelegte Ratten. Drei Tage in Blut gezogen. Beißen Sie zu!“

Woiwo steckte den Finger ins Fass. Dann leckte er ihn ab. „Ultimo lecker!“

Daka hatte sich eine Portion marinierte Schweineborsten gekauft. Sie knackten herrlich.

Silvania und Helene teilten sich eine Tüte getrocknetes Marderfleisch.

„Da drüben ist Tante Slodka!“, rief Woiwo auf einmal.

Tante Slodka hatte gerade den Finger in ein Nasenloch gesteckt und untersuchte es gründlich. Als Woiwo, Helene, Daka und Silvania bei ihr ankamen, drückte sie vor Freude mehrere kleine Pupse ab. Sie saß in ihrem Kindersarg. Er hatte vier Räder und einen Henkel. Damit konnte man ihn an eine Transportleine hängen. Tante Slodka war mit ihrer Mama unterwegs. Die unterhielt sich gerade vier

Meter über ihr mit einem Bauchladenverkäufer. Tante Slodka strahlte ihren Neffen an und zeigte mit dem Finger auf ihn. An der Fingerspitze klebte ein kleiner Popel.

„Ich bleibe hier bei meiner Tante", beschloss Woiwo. Vielleicht konnte er ihr Popelschnipsen beibringen.

Helene, Daka und Silvania nickten sofort.

„Wir zeigen Helene noch das Theatnyk und sehen uns dann zu Hause", sagte Silvania.

Das Theatnyk war ein eindrucksvoller Budnyk gurond. Er war unten breiter als alle anderen Budnyks. In regelmäßigen Abständen befanden sich rund um den Budnyk Eingänge. Sie sahen aus wie weit aufgerissene Vampirmünder. Das Theatnyk hatte keine Fenster. Dafür war die Fassade reichlich verziert. Helene erkannte Masken. Sie lachten, schrien, streckten die Zunge heraus oder runzelten die Stirn. Die Spitze des Theatnyks sah aus wie eine Pinocchiomütze.

Helene folgte den Vampirschwestern ins Innere des Theatnyks. Sie bekam fast einen steifen Nacken, so lange sah sie nach oben. „Cool!", flüsterte sie. Im Theatnyk gab es keine Ränge. Es gab auch keine Gänge. Es gab noch nicht einmal Sitzplätze. Rund um die spitz zulaufende Decke des Theatnyks waren starke Seile gespannt. Sie waren mit schwarzem Samt überzogen und hingen auf verschiedenen Höhen. Zwischen ihnen war jeweils eine Körperlänge Abstand. „Die Zuschauer hängen von der Decke!"

„Wo sollen sie denn sonst hängen?“, fragte Daka. Sie war bis jetzt nur in Bistrien im Theater gewesen.

„Bei uns sitzen die Zuschauer“, erwiderte Helene.

„Sitzen? Total unbequem“, fand Daka.

„Und wo ist die Bühne?“, fragte Helene.

„Hier.“ Silvania deutete auf den Fußboden.

Erst jetzt erkannte Helene, dass auf den Boden ein Himmel gemalt war. Mit Sonne, Wolken und einem Schmetterling. Auf der Bühne stand ein Wolkenkratzer aus Pappe. Sein Dach berührte den Fußboden. Der Eingang und das Fundament des Wolkenkratzers reichten fast bis in die Theatnykspitze.

Daka musterte den Wolkenkratzer und murmelte: „Spielen wahrscheinlich gerade irgendetwas Modernes.“

„Die Schauspieler fliegen fast das ganze Theaterstück durch. Die Szenen spielen sich in der Luft ab“, erklärte Silvania. Das war ein Grund, warum sie ihren Traum, eine berühmte Schauspielerin zu werden, vorerst aufgegeben hatte.

„Richtig gut wird es, wenn eine Person in Ohnmacht fliegen oder tot umfallen muss“, fuhr Daka fort.

Helene setzte sich auf eine Wolke. Daka hängte sich an ein samtenes Seil in der ersten Reihe und Silvania lehnte sich ans Papphochhaus. Es gab ein seltsames Knacken von sich.

Eine Weile saßen sie schweigend im Theatnyk. Daka hatte noch eine Wildschweinborste unter ihrem Daumennagel entdeckt. Sie knabberte genüsslich daran. Silvania starrte in die Luft. Vor ihrem geistigen Auge spielte sich dort eine Liebesszene ab. Sie war die Herzensdame. Ihr Geliebter war stark, schön und verwegen.

Helene fuhr sich über den rechten Arm. Der Strichvampir, den Murdo gemalt hatte, war noch immer zu erkennen. „Gute Besserung“, flüsterte sie.

Daka, die die Schweineborste verputzt hatte, beobachtete Helene. „Sag mal, ist heute Nacht im Wald mit Murdo eigentlich etwas passiert?“, fragte sie.

Helene blickte auf. „Nein. Was soll denn passiert sein?“

„Na ja, immerhin ist Murdo ein Vampir“, sagte Daka.

Silvania hatte sich von einer Sekunde auf die andere von ihrem Geliebten und der Traumszene verabschiedet. „Ein Transgigantus“, fügte sie hinzu.

Helene zuckte die Schultern. „Er hat mir eine Grotte gezeigt. Wir sind Hand in Hand gegangen. Und dann wollte er, dass wir mit den Ohren kuscheln.“

„Hand in Hand!“, rief Silvania.

„Ohrenkuscheln!“, rief Daka.

Helene lächelte versonnen. Wären die Wolken auf der Bühne nummeriert gewesen – Helenes hätte die Nummer sieben gehabt.

„Aber ... das kannst du doch nicht machen!“, sagte Daka.

„Weißt du denn nicht, wie gefährlich das ist?“, fragte Silvania.

Helene verzog den Mund. „Ihr seid doch nur eifersüchtig!“

„Was?“ Silvania zog die Augenbrauen zusammen. Sie fand Murdo Dako-Apusenu so attraktiv wie eine grüne Gurke. Er war ihr einfach zu ... zu vampirisch. „Also ICH ganz sicher nicht.“

„Ich auch nicht“, sagte Daka schnell.

Helene sah sie eindringlich an.

„Ich ... öhm ... war es höchstens mal. Ganz kurz. Und nur ein bisschen.“ Daka rieb ihre Nase. Die juckte auf einmal. „Wirklichganzehrlichversprochenhochundheiligbeimeinemlieblingsblutegel! Du musst mir glauben, Helene. Als mir klar wurde, dass Murdo dich beißen, aussaugen, umbringen oder zum Vampir machen kann, wollte ich dich nur noch retten.“

„Aber wieso wollt ihr mich denn retten?“ Helene sah die Vampirschwestern verständnislos an.

„Na, weil du unsere beste Freundin bist“, sagte Silvania.

„Und unsere einzige“, fügte Daka hinzu.

„Ich meine doch: Wovor wollt ihr mich retten? Es wäre doch richtig boibine, wenn Murdo mich beißt und ich ein Vampir werden würde. Dann könnte ich fliegen und flopsen wie ihr und wir könnten total verrückte Sachen zusammen machen.“ Bei der Vorstellung bekam Helene eine rote Nasenspitze. Und bei dem Gedanken an Murdo.

Den Schwestern blieb der Mund offen stehen. Sie sahen sich entsetzt an.

Vielleicht war Helene das getrocknete Marderfleisch nicht bekommen, überlegte Silvania. „Geht es dir gut?“

Helene nickte.

Vielleicht, dachte Daka, war Helene im Wald mit dem Kopf gegen einen Baum gelaufen und konnte nicht mehr geradeaus denken. „Meinst du das ernst, das mit dem Vampirsein?"

„Hundertprozentig total absolut vollkommen ernst", erwiderte Helene und fügte bestimmt hinzu: „Vampirsein ist cool."

Silvania schüttelte sofort den Kopf. „Vampirsein ist nicht cool. Vampirsein ist unheimlich."

Daka konnte ihrer Schwester nur recht geben. Wie (beinahe) immer. Vor ein paar Wochen hatte sie sich selbst noch gewünscht, ein Vollblutvampir zu sein. Doch dann war sie mit Silvania im *Orakulum Spektakulum* gewesen. Der große Magier Ali Bin Schick erfüllte ihre Wünsche. Daka und Silvania waren danach jedoch alles andere als wunschlos glücklich. Im Gegenteil. Daka hatte daraus zwei Dinge gelernt. Erstens: Man war das, was man war. Und das war gut so. Und zweitens: Vertraue keinem Wahrsager mit lackierten Fußnägeln.

Wusch-und-schwubb machte sie einen Felgaufschwung und setzte sich auf das Seil. „Helene, überleg doch mal: Du bist dann total lichtempfindlich und kannst kaum noch auf die Straße gehen. Nur nachts oder total verschleiert und mit dem Megasonnenblocker."

„Für echte Vampire, die es nicht anders kennen, ist das nicht so schlimm", ergänzte Silvania. „Aber für Leute, die das Licht und die Sonne gewohnt sind, ist es entsetzlich. Fast, als hätten sie eine Lichtallergie. Das Leben im Dunkeln macht sie furchtbar traurig."

„Und dann die Ernährung", fuhr Daka fort. „Um Tiere bei lebendigem Leib auszusaugen, muss man schon Nerven haben."

„Doch die Gier, die jeden Vampir überfällt, der länger kein Blut zu sich genommen hat, ist viel schlimmer", sagte Silvania.

„Man kann nicht mehr klar denken und ist wie besessen von ihr", erklärte Daka.

„Man ist süchtig nach Blut. Und um es zu bekommen, würde man auch töten", ergänzte Silvania.

„Je länger der Vampir ohne Blut ist, desto mehr verliert er die Kontrolle und den Verstand. Es kann sein, dass er einen Menschen beißt. Sogar einen Menschen, der ihm vertraut ist. Du könntest zum Beispiel über deinen Vater herfallen", sagte Daka.

Helene, die bisher zwischen den Schwestern hin und her gesehen hatte, riss die Augen auf. „Meinen Vater?"

„Ja, oder Ludo", sagte Silvania.

„Oder Herrn Graup", sagte Daka. Herr Graup war ihr Klassenlehrer. Allerdings, überlegte Daka, war die Vorstellung, dass er von einem Vampir gebissen wurde, gar nicht so abschreckend.

„Wahrscheinlich könntest du als Vampir sowieso nicht mehr zusammen mit deinem Vater in Bindburg leben", sagte Silvania.

Daka nickte. „Dein bisheriges Leben wäre dahin."

„Und dann ist da noch die Sache mit der Unsterblichkeit", warf Silvania ein.

Daka rümpfte die Nase. „Klingt vielleicht toll, ist es aber nicht. Ich bin jedenfalls froh, dass ich nicht unsterblich bin." Als Halbvampire waren die Zwillinge sterblich wie jeder Mensch. So viel stand fest. Allerdings war es gut möglich, dass sie sehr alt wurden. Zumindest hatten sie von einem Halbvampir in der Mongolei gehört, der 250 Jahre alt sein sollte.

„Wenn du unsterblich bist, wirst du alle Freunde, Verwandte und geliebten Menschen um dich herum sterben sehen", sagte Silvania. „Deinen Vater ..."

„... Ludo ...", ergänzte Daka.

„... und uns", schloss Silvania.

Helene schluckte. Sie musste an ihre Mutter denken. Sie war gestorben, als Helene drei Jahre alt war. Helene wollte niemanden sterben sehen. Sie umschlang ihre angewinkelten Beine fest mit den Armen und stützte das Kinn auf die Knie. Sie musste nachdenken. Schon möglich, dass Vampirsein unheimlich war. Aber sie liebte doch unheimliche Sachen.

Oder?

Die Blutzeremonie

Den ganzen frühen Morgen hatte Helene nachgedacht. In der Sargbahn auf dem Weg vom Theatnyk zurück zu den Tepes. Beim Frühstück. Beim Vampir-beiß-mich-nicht-Spielen mit der Tepes-Familie. Und beim Zähneputzen mit Giuseppe. Jetzt lag sie neben Silvania und Daka auf dem Luftsarg und starrte an die Decke.

Bei dem ganzen Nachdenken war sogar etwas herausgekommen: Helene fand Vampirsein immer noch cool. Aber sie verstand auch, was daran gefährlich war. Doch was sie nicht verstand, war die Sache mit Murdo. Murdo Dako-Apusenu ging Helene nicht aus dem Kopf. Was, wenn sie sich unsterblich in ihn verliebt hatte? Was, wenn sie wirklich für immer mit ihm zusammen sein wollte? War sie ihm auf Gebein und Gebiss ausgeliefert? Musste sie dann ein Vampir werden? Musste sie in der Dunkelheit leben, sich von Blut ernähren und durfte nie mehr im Leben Knoblauchbaguette essen?

Es musste noch eine andere Möglichkeit geben. Eine Möglichkeit, von der ihr Daka und Silvania nichts erzählt hatten. Helene war sich sicher. Und sie wusste auch schon, wen sie fragen musste. Als sie Silvanias regelmäßigen Atem und ein leichtes Schnarchen von Daka hörte, stand Helene leise auf. Dann seilte sie sich ins Wohnzimmer ab. Tante

Karpa und Onkel Vlad hingen kopfüber vor dem Fernseher und waren Hand in Hand eingeschlafen. Onkel Vlad baumelte das Monokel vor der Stirn.

Elvira Tepes stand am Budnykfenster und blickte auf die Stadt. Ihr Mann lag auf dem Sofa. Er kuschelte sich fest an ein großes Kissen, das er offenbar für seine Frau hielt. Auf dem Tisch lag eine leere Flasche Karpovka.

Helene trat ans Fenster und räusperte sich.

Elvira drehte sich um. „Kannst du auch nicht schlafen?"

Helene nickte.

„Ich habe hier nun schon zwölf Jahre gelebt und meine innere Uhr ist immer noch auf Tag und Nacht programmiert. Und mein Körper darauf, nachts zu schlafen und nicht am Tag. Also mach dir nichts daraus – für Menschen ist das ganz normal." Frau Tepes lächelte.

„Das ist es nicht", erwiderte Helene. „Ich … ich muss Sie etwas fragen."

Elvira Tepes sah Helene erwartungsvoll an. „Wie ich es mit dieser ganzen verrückten Vampirfamilie aushalte?", flüsterte sie.

Helene schüttelte den Kopf. „Aber so ähnlich. Sie … Sie sind doch mit ihrem Mann zusammen."

Elvira überlegte. „Ja, ich denke, das kann man so sagen. Wir sind verheiratet. Seit dreizehn Jahren."

„Und Ihr Mann ist kein normaler Mann", fuhr Helene fort.

„Das kann man wohl sagen."

„Er ist …", Helene holte Luft, „… ein Vampir."

Frau Tepes nickte langsam.

Helene fuhr sich über den rechten Arm. „Aber wie können Sie mit einem Vampir zusammen sein?"

„DAS frage ich mich auch manchmal." Frau Tepes warf einen Blick auf die Couch. Mihai Tepes hatte sich wie ein Baby zusammengekauert und flüsterte dem Kissen etwas zu.

„Ich meine, wieso hat Sie Ihr Mann noch nie gebissen und zum Vampir gemacht?" Helene musterte Frau Tepes. „Sie ... Sie sind doch kein Vampir, oder?"

„Ich? Nein! Völlig unbissig." Frau Tepes legte die Hand auf ihre Brust und setzte sich in den Fenstersims. „Als Mihai und ich uns zum ersten Mal trafen, hätte er mich am liebsten schon gebissen. Aber ich trug eine Halskrause. Das war mein Glück. Und seins auch. Denn so bin ich seine Frau geworden und nicht sein Abendbrot."

„Aber jetzt tragen Sie keine Halskrause mehr", stellte Helene fest.

„Nein. Die trage ich schon seit fünfzehn Jahren nicht mehr."

„Und wie geht das? Wie kann ein Mensch mit einem Vampir zusammenleben, ohne zum Vampir zu werden?", fragte Helene.

Elvira Tepes sah Helene nachdenklich an. Die Sekunden verstrichen. Schließlich beugte sich Frau Tepes zu Helene und flüsterte: „Wenn ein Mensch und ein Vampir sich wirklich lieben, wenn sie für immer zusammen sein, eine Familie gründen und den anderen bis ans Ende des Lebens begleiten wollen, dabei aber das bleiben wollen, was sie sind – also ein Mensch und ein Vampir, dann gibt es nur eine Möglichkeit." Frau Tepes hielt inne.

Helene sah sie mit großen Augen an.

„Der Vampir und der Mensch müssen in einer traditionellen Zeremonie ihr Blut vereinigen", fuhr Elvira Tepes leise fort.

„So etwas wie Blutsschwestern?", fragte Helene.

„Ja, aber es hat schwerwiegende Folgen. Der Mensch bindet sich damit für sein ganzes Leben an den Vampir. Beim Vampir wiederum werden durch die Blutzeremonie einige seiner Eigenschaften und Fähigkeiten geschwächt. Oder er verliert sie vollkommen. So kann es sein, dass ein Vampir nach der Blutzeremonie nicht mehr fliegen oder flopsen kann. Natürlich ist das für einen Vampir ganz furchtbar. Wie ein Mensch, der nicht mehr rennen oder hüpfen kann. Verstehst du?"

Helene nickte. Sie verstand.

„Vor der Zeremonie weiß man nie, welche Eigenschaften und Fähigkeiten geschwächt werden und wie stark. Deshalb geht ein Vampir ein enormes Risiko ein, wenn er sich auf diese Weise mit einem Menschen verbindet. Es gibt nur eine Eigenschaft, die der Vampir auf jeden Fall verliert: seine Unsterblichkeit."

Helene riss die Augen auf. „Das heißt, Ihr Mann wird sterben?"

Elvira Tepes sah zum Sofa. „Ich hoffe, nicht allzu bald. Er ist zwar schon 2676 Jahre alt, aber in Menschenalter umgerechnet sind das nur 43 Jahre. Mihai hat sich ausgerechnet, dass er 2716 Jahre alt werden könnte, würde er jetzt noch ein normales Menschenalter erreichen. Er war der Meinung, das reicht."

„Und welche Eigenschaften hat er verloren?", fragte Helene leise.

„Zum Glück hat sich beim ihm die Lichtempfindlichkeit abgeschwächt. Und er ist nicht mehr ganz so stark. Früher konnte er seinen Dacia mit einer Hand hochheben. Das geht jetzt nicht mehr. Manchmal habe ich den Eindruck, er hört nicht mehr so gut. Das könnte allerdings auch einfach am Alter liegen." Elvira lächelte ihrem Mann auf dem Sofa zu. „Wenn ein Vampir mit einem Menschen die Blutzeremonie durchführt, ist das ein Zeichen sehr großer Liebe."

Vom Sofa her kam ein leises Grunzen. Ein sehr zufriedenes.

Während Elvira den Anblick ihres schlafenden Mannes genoss, sah Helene nachdenklich aus dem Fenster. Sollte ihre Liebe zu Murdo und seine Liebe zu ihr wirklich stark genug sein, gab es also Hoffnung. Doch bis jetzt wusste sie nicht, ob Murdo sie liebte. Ob er sie überhaupt mochte. Oder vielleicht nur ihr Blut. Sie hatten Händchen gehalten. Und Ohren gekuschelt. Aber sie hatten sich ja noch nicht einmal geküsst. Und von Liebe war auch nie die Rede gewesen.

Helene ließ den Blick über Bistrien schweifen. Sie erkannte das Rodnyk. Und das Theatnyk. Links neben dem Rodnyk erhob sich ein Budnyk gurond, das wie ein riesengroßes Fieberthermometer aussah. Statt Zahlen blinkten auf der Skala in Rot die Buchstaben: H-O-S-P-I-T-A-L-N-Y-K.

Helene drehte sich zu Elvira um. „Ich möchte mich noch von jemandem verabschieden."

Azdio, Transsilvania!

Auf dem Flughafen in Sibiu war nicht mehr viel los. Die meisten Flieger hatten schon abgehoben. Die meisten Reisenden waren schon in der Luft oder an ihrem Zielort angekommen. Der letzte Flug des Tages ging nach Bindburg in Deutschland. Eine kleine Schar Reisender stand am Schalter der TAROM und checkte ein.

Elvira Tepes reichte dem Angestellten die Flugtickets. Auf seinem Namensschildchen stand: Ludovic Lobond.

Er überflog die Daten. Dann blickte er auf. „Willst du wieder am Fenster sitzen?“, fragte er Helene.

Helene nickte.

„Und du am Notausgang?“, fragte er Silvania.

Sie nickte ebenfalls.

„Und du bekommst einen Gangplatz“, sagte Ludovic Lobond zu Daka.

Sie nickte nicht. Daka hatte Herrn Lobond nicht gehört. Denn sie hatte Kopfhörer im Ohr. Sie hörte *Krypton Krax*. Aber nicht ganz so laut wie sonst.

Ludovic Lobond gab Elvira Tepes einen Platz neben ihrem Mann. Dann druckte er die Bordkarten aus und reichte sie den Reisenden. „Ich wünsche Ihnen einen angenehmen Flug und bedanke mich, dass sie TAROM für Ihre Reise gewählt haben.“

Elvira Tepes lächelte dem Angestellten höflich zu.

Mihai Tepes beachtete ihn nicht weiter. Er hatte Wichtigeres zu tun. Er musste sich von seinem Bruder verabschieden.

„Vlad!“, rief er mit ausgebreiteten Armen.

„Mihai!“, rief Vlad.

Die Brüder fielen sich in die Arme. Sie klopften sich unablässig gegenseitig auf den Kopf, während sie sich umarmten.

Tante Karpa riss Elvira an sich und klopfte ihr ebenfalls auf den Kopf.

Elvira klopfte ihrer Schwägerin auf den Rücken.

Bogdan Moldovan war ebenfalls mit zum Flughafen gekommen. Er interessierte sich für Flugzeuge. Das war die offizielle Version. Inoffiziell interessierte er sich für Silvania.

„Azdio“, sagte er leise zu ihr.

Silvania lächelte Bogdan zu. Sie musste daran denken, wie er sie aus dem Zelt gerettet hatte. Bei dem Gedanken daran hätte sie ihm beinahe einen Kuss auf die Wange gegeben. Doch dann musste sie an Jacobs winterhimmelgraue Augen denken. Sie beugte sich zu Bogdan und gab ihm eine Kopfnuss. Eine ganz sanfte. „Azdio.“

Bogdan blickte Silvania lange nach. Er sah noch auf den Gang, der zur Gateway führte, als Silvania schon an Bord der Maschine saß.

Helene hatte sich bereits ein paar Stunden zuvor von Murdo verabschiedet. Sie hatte ihn im Hospitalnyk besucht. Murdos Eltern waren auch dort gewesen. Dank der Behandlung von Dr. Liviu Chivu war Murdo schnell aus dem Koma erwacht und hatte sich von Dirk van Kombasts Knoblauchangriff weitestgehend erholt. Er war nur noch etwas schwach, etwas müde und stank noch etwas nach Knoblauch.

Doch das alles hatte Helene nichts ausgemacht. Sie hatte sich ganz nah an Murdos Bett gesetzt. Sie hatte ihn angelächelt. Er hatte nicht zurückgelächelt. Sie wollte ihm tief in die orangefarbenen Augen sehen. Er war ihrem Blick ausgewichen. Sie wollte seine Spinnenhand halten. Er hatte sie zurückgezogen. Ein trauriger Abschied für Helene.

Jetzt saß sie im Flugzeug und starrte auf den Vordersitz.

Daka, die neben ihr saß, stieß sie sanft an. „Bist du noch sauer auf Murdo?“

Helene nickte. „Er war so … so weit weg.“

„Unnahbar“, stellte Silvania fest, die sich vom Vordersitz umdrehte. „Und kühl.“

Daka zuckte mit den Schultern. „Murdo ist nun mal cool. Er ist Sänger von *Krypton Krax*.“

„Vielleicht hat er ja nur so cool getan“, überlegte Silvania laut. „Kann doch sein, dass er von seinen Eltern eine Standpauke bekommen hat, dass er sich nicht mit einem Menschenmädchen einlassen soll.“

Daka stülpte die Lippen nach außen. „Möglich. Immerhin sind seine Eltern Transgiganten. Die sind garantiert streng.“

Helene sah die Schwestern zweifelnd an. Es war wirklich nett von ihnen, dass sie ihr Mut machen wollten. Aber der Fall war klar. „Ich war nicht seine große Liebe, sondern nur seine dicke Milchkuh.“

„Das glaube ich nicht", sagte Silvania bestimmt.

So richtig konnte Daka das auch nicht glauben. Aber sie kannte sich mit dieser komplizierten Angelegenheit namens Liebe nicht besonders gut aus. Deshalb sagte sie lieber nichts.

„Bestimmt lag es nur daran, dass seine Eltern dabei waren", fuhr Silvania fort.

„Aber er hätte mir doch irgendein Zeichen geben können", fand Helene.

Silvania runzelte die Stirn. Obwohl sie schon über 500 Liebesromane gelesen hatte, war ihr noch nie so ein schwieriger Fall begegnet.

Helene seufzte und sah aus dem Fenster. Die Boeing 737 hatte vor wenigen Minuten abgehoben. Der Himmel war nachtblau und wolkenlos. Die Sicht wunderbar. Doch Helene wollte am liebsten gar nichts mehr von Transsilvanien sehen. Sie konzentrierte sich auf einen Wassertropfen, der an der Scheibe herablief. Auf einmal landete etwas am Fenster. Helene schreckte zurück. Es war eine Spinne! Sie war schwarz, behaart und etwas zermatscht. Aber es war eine Spinne, eindeutig. In zehn Kilometer Flughöhe. Seit wann konnten Spinnen fliegen?

Helene wollte sich gerade zu Daka umdrehen und ihr die Spinne zeigen, als ein Gesicht vor dem Flugzeugfenster auftauchte. Helene riss die Augen auf. Sie kannte das Gesicht. Es war blass, die Lippen lila, die Augen orange. Es war das Gesicht, das ihr nicht aus dem Kopf gehen wollte.

Murdo sah Helene ernst an. Dann streckte er die

Zunge heraus und schleckte die Spinne vom Fenster ab. FLUTSCH! Murdo grinste. In seinem rechten Mundwinkel zappelte ein Spinnenbein.

Helene ging vor Freude das Herz über. Sie konnte nicht anders – sie lächelte zurück.

Murdo schluckte die Spinne herunter. Dann hob er den Zeigefinger. Achtung! Er schob den Ärmel am rechten Arm hoch. Danach hielt er den rechten Arm vor die Fensterscheibe.

S K Y Z A T I stand in wackeliger Schrift auf dem Arm.

Murdo linste hinter dem Arm vor. Er sah Helene fragend an.

Sie nickte.

Murdo schob den Ärmel vom linken Arm hoch. Er hielt den linken Arm vors Flugzeugfenster. Auf den Arm waren zwei Strichmännchen gemalt. Ein Strichmännchen hatte einen Rock an, einen Kussmund und lange Haare. Das andere Strichmännchen hatte eine Hose an, einen Umhang um und spitze Eckzähne. Die beiden Strichmännchen hielten sich an der Hand. Unter den Strichmännchen stand: B I S S B A L D ?

Helene grinste so sehr, dass ihre Mundwinkel beinahe die Ohrläppchen berührten. Dann nickte sie heftig. Das Zeichen! Da war es.

Helene grinste und nickte noch immer, als Murdo sich mit einem Handkuss verabschiedete. Sie winkte ihm nach und flüsterte: „Bis ganz sehr unheimlich bald!“ Dann sank sie in ihren Sitz und lächelte ein paar Minuten vor sich hin. Als der Steward mit dem

Getränkewagen vorbeikam, rief sie ihm zu: „Einen Tomatensaft mit extra viel Pfeffer bitte!“

Daka und Silvania sahen ihre Freundin fragend an.

„Wir müssen doch anstoßen.“ Helene nahm den Tomatensaft entgegen und hob das Glas. „Auf Transsilvanien! Schnappobyx!“

Hinter Gittern

Die Gefängniszelle war schmal. Der Boden und die Wände kalt und feucht. Dirk van Kombast stand vor dem kleinen Fenster. Durch die Gitterstäbe sah er nach draußen in die Nacht. Der Himmel war wolkenlos. Die Sterne wie Zuckerstreusel darauf verteilt. Die Lichter eines Flugzeugs blinkten auf. Das Flugzeug flog Richtung Norden. Richtung Heimat. Dirk van Kombast sah dem Flugzeug wehmütig nach. Wie gerne würde er jetzt im Flugzeug sitzen, bei der hübschen Stewardess mit dem lilafarbenen Lidschatten einen Mangosaft bestellen, in der Bordzeitschrift blättern und sich aus den Duty-free-Angeboten ein neues Parfüm auswählen.

Doch statt im Flugzeug saß Dirk van Kombast im Gefängnis. Man hatte ihn einmal verhört und er durfte einen seiner fünf Anwälte anrufen. Er wählte Herrn Dr. Gödeke-Schnitzlein. Herr Dr. Gödeke-Schnitzlein war eine schlechte Wahl. Nicht, weil er ein schlechter Anwalt war. Herr Dr. Gödeke-Schnitzlein weilte gerade mit seiner zweiten Frau in der Karibik. Fünf Wochen lang. Dirk van Kombast sprach ihm auf den Anrufbeantworter.

Der Vampirjäger konnte nicht abschätzen, wie lange ihn die (seiner Meinung nach völlig verrückten) Polizeibeamten hier festhalten würden.

Dabei hatte er gar nichts Unrechtes getan. Im Gegenteil. Er hatte ein Menschenleben gerettet. Er war ein Held! Doch wie so viele Helden wurde Dirk van Kombast verkannt.

Der Polizist mit den blonden Locken hatte ihm gesagt, dass der Vampir gar nicht tot, sondern nur in ein Koma gefallen war. Und dass er wieder wohlauf war. Natürlich hatte der Polizist den Vampir als „Jungen" bezeichnet. Und er schien sich darüber zu freuen, dass der „Junge" überlebt hatte. Der Polizist hatte eben nicht die leiseste Ahnung. Aber ihm und seinen Kollegen würden schon noch die Augen aufgehen. Dann würden sie Dirk van Kombast anflehen, die Garlic Gun zu laden und sie zu beschützen.

Dirk van Kombast ballte seine linke Hand zu einer festen Faust. Diese törichten Beamten hatten ihm nichts gelassen. Sie hatten ihm seine Präzisionswaffe abgenommen, sein Fernglas, seine OP-Haube, sogar seinen Gürtel musste er abgeben. Die Hose rutschte unangenehm. Kein Wunder, bei dem Essen hier.

Dirk van Kombast atmete tief durch und umklammerte zwei Fenstergitterstäbe. Immerhin stand irgendwo dort draußen in der Dunkelheit im Wald noch sein Zelt. Wenn er erst einmal aus dem Gefängnis war, würde er sich und seine Sachen dort ordnen. Er würde sich ausruhen. Er würde viel nachdenken. Seine Präzisionswaffe musste verbessert werden. Er musste seine Beobachtungen und neuen Erkenntnisse auf dem Laptop festhalten. Er hatte jede Menge zu tun. Wenn er erst einmal aus dem Gefängnis war …

Lange konnte es nicht mehr dauern, meinte Dirk van Kombast.

Oder?

Wörterbuch

Vampwanisch	Deutsch
aij!	Autsch!
azdio!	Tschüss!
Biblionyk	Bibliothek
boibine; boi	super, toll, schön
Boi fugli!	Guten Flug!
Boi motra!	Guten Morgen!
Boi noap!	Gute Nacht!
bosch	schlagen, hauen
Boi searo!	Guten Abend!
Boi venti!	Herzlich willkommen!
Budnyk	tropfsteinähnliche Wohnung der Vampire
Budnyk gurond	Budnyk, der im Boden verankert ist
Budnyk kapoi	Budnyk, der in der Decke verankert ist
datiboi	danke
Dinmid	Mischung aus Dinner und Mitternachtsessen
do	in
doi	im

Flatliac	Fledermaus
Fugli	Flug
fuglu	fliegen (ich fliege)
Fumpfs	Mist, Kacke
Gazetoi	Zeitung
Gumox	Quatsch
Gurond	Erde, Boden, unten
Hirobyx	Zecke
hoi boi	alles paletti
Hospitalnyk	Krankenhaus
Inima/Inimo	Herz
je	ich
jobju	du
Kapoi	Decke, Kopf
Krötz jobju suchoi murja!	Mögest du zu Staub verfallen!
Lenoi mutza flatliac	Den Faulen beißt die Fledermaus
lenoi	faul
Melo	Melone
Memu	Mahlzeit, Essen
Mobilnoi	Handy
moi	mein, meines, meiner
Motra	Morgen
Murja	Staub
mutz	beißen

nici	nie
nici doi viati	nie im Leben
nicimo	nichts
onu, zoi, trosch	eins, zwei, drei
Pompfe!	Hilfe!
Proba	Versuch
Porci	Kaninchen
Porci-proba	Versuchskaninchen
rapedadi	schnell, sofort
rapedosch	kräftig und schnell
rapedosch bosch	kräftig und schnell schlagen
Rodna	Heimat
Rodnyk	Rathaus
Saikato	Transsilvanischer Tanz
Schlotz zoppo!	Ach, du meine Güte/Ach, du Schreck!
Schnappobyx!	Prost!
Schnappobyx memu!	Prost Mahlzeit!
Searo	Abend
Skyzati	Entschuldigung
subkrupt	kaputt gehen
subkrupt da hirobyx	vor die Zecke gehen
suchoi	verfallen
Theatnyk	Theater

Transsilvania rodna inima moi	Transsilvanien, Heimat meines Herzens
Viati	Leben
zensatoi futzi!	supermegawahnsinns-enormsensationell-verblüffendausgezeichnet!
znicnak	verschwunden, weg

Franziska Gehm wurde 1974 in Sondershausen geboren. In Jena, Limerick und Sunderland studierte sie Anglistik, Psychologie und Interkulturelle Wirtschaftskommunikation. Nach dem Studium unterrichtete sie an einem Gymnasium in Dänemark, arbeitete bei einem Wiener Radiosender und als Kinderbuchlektorin. Sie lebt als Autorin und Übersetzerin in München.

Die Vampirschwestern

Band 1

Eine Freundin muss her, und zwar sofort. Sonst machen sich Daka und Silvania sofort wieder zurück auf den Weg nach Transsilvanien. Dort kann man wenigstens ungestört durch die Gegend fliegen und nachts in die Schule gehen! Ganz anders in ihrer neuen Heimat Deutschland – hier lauern an jeder Ecke Gefahren. Wie fährt man bitte schön Rolltreppe? Und wie bringt man eine Straßenbahn zum Anhalten? Auch der erste Schultag wird zur reinsten Katastrophe, doch mit Helene ist Rettung in Sicht – und vielleicht auch die erste beste Freundin …

Weitere Abenteuer im Anflug ...

Band 2

Onu, zoi, trosch – und los geht's! Daka und Silvania nehmen ihre Freundin Helene mit auf einen waghalsigen Ausflug über die Stadt. Leider endet dieser in einer katastrophalen Bruchlandung, die für jede Menge Ärger sorgt. Doch damit nicht genug, denn für die Schule müssen die Zwillinge über eine Ausstellung im Kunstmuseum schreiben. Langweilig? Keineswegs, denn die beiden werden unfreiwillig Zeugen eines Überfalls. Jetzt sind ihre vampirischen Fähigkeiten gefragt, um das Schlimmste zu verhindern ...

Weitere Abenteuer im Anflug ...

Band 3

Vampire in Gefahr! In Transsilvanien ist die mysteriöse Infludenta ausgebrochen, die binnen kürzester Zeit die spitzen Eckzähne der Vampire schrumpfen lässt. Abhilfe kann nur der Saft jener seltenen Pflanze schaffen, die auf dem Grab eines mächtigen Vampirjägers wächst. Keine Frage – Daka und Silvania starten sofort zum Rettungsflug. Allerdings gibt es eine Bedingung: Zu Silvanias erster Verabredung müssen sie wieder zu Hause sein ...

Weitere Abenteuer im Anflug …

Band 4

Ein richtiger Vollblutvampir zu sein, wäre super, findet Daka. In einer ganz normalen Stadt ein ganz normaler Mensch zu sein, wäre tausendmal besser, findet Silvania. Wie so oft, geraten sich die beiden halbvampirischen Zwillinge darüber ordentlich in die Haare. Doch als dann ausgerechnet Daka Flugangst und Heißhunger auf Knoblauchbaguette bekommt und Silvanias Eckzähne immer länger werden und sie sich nachts über Opas Blutwurstplatte hermacht, kriegen es die Schwestern mit der Angst zu tun. Ob der mysteriöse Wünscheerfüller Ali Bin Schick hinter der seltsamen Verwandlung der beiden steckt?